奧賽羅
Othello

威廉·莎士比亞(William Shakespeare)著

孫大雨／譯

譯者傳略

　　孫大雨（1905-1997）祖籍浙江諸暨，生於上海。原名孫銘傳，字守拙。1925年畢業於北京清華學校高等科。1926年赴美國留學，在新罕布什爾州（New Hampshire）的達德穆斯學院（Dartmouth College）主修英文文學，1928年獲高級榮譽畢業（magna cum laude）；1928-1929年在耶魯大學（Yale University）研究生院專攻英文文學。1930年回國後歷任武漢大學、北京師範大學、北平大學女子文理學院、北京大學、青島大學、浙江大學、暨南大學、中央政治學校、復旦大學、華東師範大學等校外國文學系英文文學教授。

　　主要作品有：《孫大雨詩文集》、《中國新詩庫──孫大雨卷》、《孫大雨譯詩集》、《屈原詩選英譯》、《古詩文英譯集》以及八部莎譯──《哈姆雷特》（原譯《罕秣萊德》）、《奧賽羅》、《李爾王》（原譯《黎琊王》）、《馬克白》（原譯《麥克白斯》）、《暴風雨》、《冬日故事》、《羅密歐與茱麗葉》（原譯《蘿密歐與琚麗曄》）和《威尼斯商人》。

總　序
——孫大雨先生與莎士比亞

孫近仁　孫佳始

　　1999年9月1日，我們收到台灣聯經出版事業公司寄來的郵遞快件，獲悉父親＊所譯莎士比亞四大悲劇即將出版。這一訊息令我們感到欣慰，因為父親晚年多次談起過，他殷切希望他翻譯的八部莎劇除在大陸出版簡體字本外，還能在海峽彼岸的台灣出版繁體字本，這個遺願現在終於得以實現了，庶幾當可告慰於他的在天之靈。然而它也使我們感到有些遺憾，由於享年92歲高齡的父親已於1997年1月5日溘然長逝，爾今他已不能親眼目睹、親手

＊　孫佳始女士為譯者孫大雨先生之女公子，孫近仁先生則為孫女士之夫婿。現居上海。

撫摩這本新書了，而且他也不再能親筆作序，只能由我們勉爲其
難濫竽充數代勞了。

　　父親一生中留給後人總共有十多部著譯：即《孫大雨詩文
集》、《中國新詩庫──孫大雨卷》、《孫大雨譯詩集》、《屈
原詩選英譯》、《古詩文英譯集》以及八部莎譯──《哈姆雷特》
（原譯《罕秣萊德》）、《奧賽羅》、《李爾王》（原譯《黎琊
王》）、《馬克白》（原譯《麥克白斯》）、《暴風雨》、《冬
日故事》、《羅密歐與茱麗葉》（原譯《蘿密歐與琚麗曄》）和
《威尼斯商人》。＊

　　他嘔心瀝血爲世界上最優秀的文化瓌寶──楚辭、唐詩、莎
士比亞──進行譯介交流作出了應有的貢獻，正如人們所評價
的：這些作品必將流傳於世。

　　縱觀他的一生，從1920年他15歲開始在《少年中國》發表了
他的處女作新詩〈海船〉迄今，他所有的文學活動無不與詩聯繫
在一起：早年他創作了一些格律嚴謹的新詩；三〇年代以後他醉
心於莎士比亞戲劇的翻譯與研究──眾所週知莎劇乃詩劇，而他
的譯作則爲詩譯；到晚年他又致力於英文名詩的中譯以及楚辭、
唐詩等的英譯；此外，他歷年來所發表的論文，也大多是有關詩
歌理論或闡述莎譯的文章……這一切都與詩緊密相關。

　＊ **編者案**：由於考慮台灣學術界及一般讀者的長久以來的閱讀習慣，因此，書中
　　主人翁譯名均予更動：「罕秣萊德」更動為「哈姆雷特」；「黎琊王」更動為
　　「李爾王」；「麥克白斯」更動為「馬克白」；「蘿密歐與琚麗曄」則改為「羅
　　密歐與茱麗葉」。不過，這樣的改動，孫大雨先生若在世，恐怕是不會同意的
　　（可參見《蘿密歐與琚麗曄》〈譯序〉之說明）。

　　1922年他考入北京清華學校高等科後，曾積極參與文學活動，加入了以聞一多、梁實秋、顧毓琇爲首的、可謂中國新文學史上第一個校園純文學團體「清華文學社」。其後他還負責編過《清華週刊》的文藝副刊；並成爲當時詩壇有名的「清華四子」[1]之一。那時「清華四子」和聞一多、徐志摩等就新詩的發展和形式問題，經常進行熱烈的討論。他是「新詩也必須有格律」的堅決主張者，他認爲詩的語言要制約在嚴謹的韻律裡才成其爲詩。這時他從西洋格律詩中的音步結構得到啓發，已大致構想出漢語白話文詩歌中的格律形式。1925年清華畢業後留在國內遊歷的一年中，在那年夏天他盤桓在浙江海上普陀山佛寺圓通庵客舍期間，有意識地探索尋找一種新詩的格律規範，終於創建了他的「音組」理論。所謂「音組」，那是以二或三個漢字爲常態而有各種相應變化的字音組合結構來體現的。接著他便付諸實踐，在1926年4月10日的北京《晨報副刊・詩鐫》上發表了他所創作的十四行詩〈愛〉，這是他有意識地運用音組結構寫的第一首有嚴謹韻律的新詩，每行均有嚴格的五個音組。試以開首四行爲例：

往常的	天幕	是頂	無憂的	華蓋，
往常的	大地	永遠	任意地	平張；
往常時	摩天的	山嶺	在我	身旁
峙立，	長河	在奔騰，	大海	在澎湃；

1　「清華四子」之名首由聞一多提出。子沅——朱湘、子離——饒孟侃、子潛——孫大雨、子惠——楊世恩。

數十年來，他用這個方法創作和翻譯了數以萬計的格律詩行。

　　雖然他創作的新詩為數不多，但誠如周良沛所言：「中外古今，詩人從來都不是以量取勝的。」朱自清評論〈紐約城〉「這首短詩正可當『現代史詩』的一個雛形看。」唐弢特別推崇〈訣絕〉，他說：「我愛聞一多的〈奇迹〉，孫大雨的〈訣絕〉……」梁宗岱稱讚「孫大雨把簡約的中國文字造成綿延的十四行詩，其手腕已有不可及之處。」卞之琳說：「也只有孫大雨寫了幾首格律嚴整的十四行詩。」陳夢家評價「〈自己的寫照〉是一首精心結構的驚人的長詩，是最近新詩中一件可以紀念的創造。」徐志摩謂：「孫大雨創作的〈自己的寫照〉長篇無韻體，每行四個音組，」他認為這個嘗試是比較成功的。朱光潛也說：「有一派新詩作者，在每行規定頓數，孫大雨〈自己的寫照〉便是好例。」台灣詩人瘂弦在1972年9月《創世紀》第30期上發表的〈未完功的紀念碑——孫大雨的《自己的寫照》〉一文中更高度評價〈自己的寫照〉「確是中國早期新詩壇一座未完功的巨大紀念碑[2]，作者氣魄的雄渾與筆力的深厚，一反新月派（雖然他自己屬於新月派）那種個人小情感的花拳繡腿，粗浮的感傷，和才子佳人式的浪漫腔調。他以紐約城的形形色色，用粗獷的筆觸，批判地勾繪出現代人錯綜意識的圖像，為中國新詩後來的現代化傾向，作了最早的預言。在那個時代裡，不僅是新月派，就連文學研究會諸子及

2　〈自己的寫照〉這首長詩作者原擬寫一千行，但後來因時過境遷而未能完稿，只撰寫發表了三百七、八十行，故有此「未完功的巨大紀念碑」之說。

創造社的詩人群，也很少有如此闊大雄奇的手筆。僅以這首詩的藝術手法來論，個人甚至認爲即使徐志摩、王獨清等人也無法與之抗衡。」他又慨嘆道：「更使人不解的是：近三十年來，新月諸人的作品坊間到處可見，而這首力作竟未見流傳！」他呼籲應「給予應得的藝術評價和地位。」

　　父親在二、三〇年代致力於格律體新詩的理論探索與創作實踐，以後他則把主要精力轉移到了莎劇翻譯與詩歌翻譯方面。

　　1931年起他嘗試翻譯莎劇。1934年9月開始正式譯莎劇《李爾王》（*King Lear*），至1935年譯竣。1935年10月5日出版的新月《詩刊》載有該劇譯文的片段。後經兩度校改修訂，迨至1948年11月才由上海商務印書館出版該劇兩卷集註本。由譯畢到成書相隔這麼多年，其主要原因是這期間經歷了八年抗戰的耽擱。他曾在該書扉頁上作了以下題詞：「謹向殺日寇斬漢奸和殲滅法西斯盜匪的戰士們致敬！」

　　莎劇原作，特別是中、晚期的作品，約百分之九十的文字是用素體韻文（blank verse）所寫。所謂素材韻文（梁實秋先生稱「無韻詩」），是指不押腳韻而有輕重音格律的五音步詩行。換言之，莎劇基本上是用輕重格五音步寫的，每行均有規範的五個音步。從這個意義上說，決不可把莎劇誤解爲散文的話劇；而若將莎劇中的格律詩行譯成散文，也只能說是欠理想的權宜之計。

　　莎譯《李爾王》是譯者運用自己創建的漢語白話文新詩的音組結構對應莎劇原文詩行中的音步迻譯的，《李爾王》可謂我國第一部用詩體翻譯的莎劇。然而譯者坦承：「毋庸諱言，譯文距理想的實現還有距離，一方面是緣於無法制勝的英漢文字上相差

奇遠的阻礙，另一方面則許因譯者的能力確有所不逮。」[3]

　　爲了具體說明他的莎譯實踐和風格以及音組究竟是怎麽一回事，以下試舉他的譯文爲例：

不要，	不要，	不要，	不要。	來吧，
讓我們	跑進	牢裡去；	我們	父女倆，
要像	籠鳥	一般，	孤零零	唱著歌。
你要我	祝福的	當兒，	我會	跪下去
懇請你	饒恕。	我們要	這麽	過著活，
要禱告，	要唱歌，	敘述些	陳年的	故事，
笑話	一班	金紅	碧眼的	朝官們，
聽那些	可憐的	東西	說朝中	的見聞；
我們	也要	和他們	風生	談笑，
議論	哪個輸，	哪個贏，	誰當權，	誰失勢，
還要	自承	去參透	萬象的	玄機，
彷彿	上帝	派我們	來充當	的密探。
我們	要耐守	在高牆	的監裡，	直等到
那班	跟月亮	的盈虧	而升降	的公卿
徒黨們	都雲散	煙消。	……

　　這一段是莎氏悲劇《李爾王》的韻文翻譯，是按照原作五音步素體韻文，譯文每行恰爲五個音組。

3　引自《黎琊王》譯序。

此後，他的其餘七部莎譯都是按照這樣的結構、方法從事的。

1957年的政治運動，使父親遭到厄運；此後他的處境十分艱難。即或如此，仍未使他放棄心愛的莎譯事業。在1966年更大的政治風暴來臨之前，六○年代前期的幾年裡，他在困境中又孜孜不倦地翻譯了《哈姆雷特》、《奧賽羅》、《馬克白》、《暴風雨》、《冬日故事》共五部莎劇集註本。在「文革」早期抄家風刮起甫初，我們當機立斷冒著風險終於將這五部莎譯手稿轉移保存了下來。「文革」期間父親蒙受了滅頂之災，到「文革」後期，劫後餘生的他又按捺不住譯出了《羅密歐與茱麗葉》和《威尼斯商人》兩部莎劇簡註本。為什麼他的前六部莎譯均為集註本，而後兩部未能一以貫之呢？這是因為「文革」初期的抄家將他以往賴以翻譯的阜納斯集註本莎士比亞全集原作劫掠去了的緣故。

令人十分遺憾的是，由於蹉跎歲月的耽誤，浪費掉父親數以十年計的寶貴時光，以致他到暮年已無力完成用韻文譯竣莎翁全集這一艱鉅偉大的工程，宿願未酬。每談及此，總使他扼腕嘆息不已。

父親的莎譯自有其特色：一是均為有韻律的詩譯，不同於那些散文譯筆，比較接近原作的風貌；二是他的八部莎譯中除《羅密歐與茱麗葉》、《威尼斯商人》外，均為集註本，註釋詳細，這裡邊既容納了十七世紀以來到十九世紀八○年代世界各國莎士比亞學者的研究成果，也包含有他自己的獨到創見。

「文革」結束後，隨著父親的處境逐漸得到改善，他的著譯也有了出版的機會，現在他的所有作品在大陸已經出齊。1991年

《哈姆雷特》出版後，在1992年第二期《讀書》雜誌上有一段評論：「再讀到名著名譯的《哈姆雷特》，更感到翻譯作為一種創造活動，是如何艱辛。……翻譯全集，需要非凡的勇力，翻譯其中的名劇，又何嘗不如此。《哈姆雷特》的這一中譯，怎樣融鑄了譯者的心血，只要看三幕一場中那一段舉世聞名的獨白，譯者如何竭盡考索、推敲之力，以求準確轉達原著精神，就可知大略了。實際上，對每一疑難及易生歧見之處，譯者都作了不厭其詳的註解，不妨說，這既是一部翻譯作品，也是一種現身說法的『譯藝譚』。」1996年6月17日，父親的老友顧毓琇從美國來信謂：「大雨兄惠鑒：……近從台北九歌出版社出版之《梁實秋之詩及小說》讀到吾兄所作〈代序〉，回首往事，不勝感嘆。吾兄以詩譯詩，使莎翁為詩人，而非僅為劇作家，厥功甚偉。……譯詩為新詩的滋養品，亦應有人注意」云云。

迄今為止，我國海峽兩岸各出了一部莎士比亞全集，大陸出了以朱生豪為首翻譯的全集，台灣出了梁實秋翻譯的全集。對此，父親是這樣評價的：「這兩部全集都是散文譯筆，畢竟與原作風貌不盡符合。朱生豪在抗戰的艱難歲月中，貧病交迫，譯出了31部莎劇，為他喜愛而崇敬的工作付出了年輕的生命，33歲即英年早逝，我們應當無比敬佩。梁實秋先生付出數十年辛勞，譯畢了全集，也應受到廣泛、深厚的欽佩。但這並不等於說我們已可放棄對於莎劇翻譯的理想追求和願望。我們應該有更符合原作風貌神韻、用格律韻文翻譯的莎翁全集。」[4] 父親在耄耋之年還表示

4　引自孫近仁、孫佳始：〈說不盡的莎士比亞〉，載《群言》1993年4月號。

自己「恐已無力完成用韻文譯竣全集這一艱巨的工程。我殷切期望同道共同努力，並且盼望早日完成這個偉業。」[5]

梁實秋先生曾說：「翻譯莎士比亞全集須有三個條件：（一）其人無才氣，有才氣即從事創作，不屑為此。（二）其人無學問，有學問即走上研究考證之路，亦不屑為此。（三）其人必長壽，否則不得竣其功。……」對此父親則認為：「對於已譯完並出版了莎翁全集的梁先生來說，這一段話，不消說是言在意外。我則直截認為翻譯莎劇必須具備兩個條件：一是要精通英、漢兩種文字；二是要精通英、漢兩種詩歌。兩者缺一不可。」他又進一步說：「文學作品，特別是詩歌和莎劇的翻譯，要求移植者對於原文和所譯文字的造詣都異常高，譯者不僅要能深入理解和攝取原作的形相和奧蘊，而且要善於揮灑自如地表達出來，導旨而傳神，務使他能在他那按著原作的再一次創作的成果裡充份體現原作的精神和風貌。所以，要恰當地翻譯世界文化瑰寶的莎劇，乃是難上加難之事。」[6]

這就是父親對於莎譯事業的見解和態度。

最後，我們由衷地期待父親的莎譯能得到台灣同胞的欣賞和喜愛。

1999年9月3日

5　引自孫大雨：〈莎譯瑣談〉，載《中外論壇》雙月刊1993年第4期。

6　引自孫近仁、孫佳始：〈說不盡的莎士比亞〉，載《群言》1993年4月號。

譯　序

　　奧賽羅（Othello）是古義大利東北部、亞得利亞海（Adriatic Sea）西北岸、威尼斯（Venice, Venezia）群島城邦的一位英武精壯的將軍。他的原籍是非洲西北部濱海的摩爾族人（Moors）所居留的領地，故而他秉有阿剌伯（Arab）與剖剖（Berber）人的混合血統。他相貌不大同於高加索（Caucasian）種的威尼斯居民，膚色不像當地人那樣白皙，而呈輕淡的棕褐色，面部姿容的輪廓也跟威尼斯一般的居民不無差異。他的悲劇故事原來出自義大利十六世紀的缶拉拉城（Ferrara）文士欽昔喔（Giambattista Geraldi Cinthio, 1504-1573）的《百篇故事集》（*Hecatommithi*）書中，那是繼鮑卡邱（Giovanni Boccaccio, 1313-1375）的《十日談叢》（*Decameron, 1348-1358*）後所寫成的一部知名的故事集。欽昔喔書中的有些篇故事被威廉・配忒（William Painter, 1540?-1594）收入他的《歡樂之宮》（*The Palace of Pleasure, 1566-1568*）的英文譯介文集中，莎士比亞的《奧賽羅》這齣悲劇就是從配忒書中所

取材的。《十日談叢》有一百篇故事，據說乃是莆洛稜斯（Florence, Firenze）城邦1348年發生了瘟疫，有七名妙齡淑女和三名英年士子結伴離開當地，到偏遠的城鎮去遊歷以躲避災禍；他們每人每天講一個故事，後來就彙集成那部《十日談叢》。欽昔喔這部《百篇故事集》則是仿效那部集錦，在1527年羅馬城被攻破後，有十位青春淑女和士子一同乘船漂海到馬賽城（Marseilles）去避難，相傳他們在那裡所講述的故事，就彙集編成了這部書。

　　奧賽羅膺威尼斯公爵授命任職以後，按制度由他推舉次指揮，他擢選了個儻華年的莆洛稜斯人凱昔歐（Cassio）當他的副將，而沒有推舉比較資深的威尼斯本地軍人伊耶戈擔任此職，以致後者只能充當隊伍中士兵以上最低級的尉官，即將軍的旗手。這就引起了他極大的怨恨和惱怒。據十九世紀莎劇評註家Charles Knight（1791-1873）在他的《繪圖本莎士比亞》（*Pictorial Shakespeare,* 1838-1841）上所說，有友人告訴他，威尼斯城邦在它的鼎盛時期，生長在各種氣候裡的外邦人都紛紛來到它這裡；沒有其他的地方對於膚色的偏見有像在當地這樣淡薄的。關於玳思狄莫娜的喜愛，一個更重要的事實是，這個城邦的政策是任用外地的僱傭軍人，特別在指揮職務上是如此，顯然爲盡可能減少本地的親屬勾結和裙帶關係。知政事大夫們或其他重要人物的家庭都樂於見到他們的賓客是有色人種的，他們能力高強，因而獲得了官銜——拔尖人物，他們的功績成就使他們的膚色被遺忘掉。這樣說來，奧賽羅選拔外地的莆洛稜斯人凱昔歐當他的副將完全符合威尼斯城邦的政策，伊耶戈惱怒是徹底無理的。

　　這時候有土耳其戰艦載著水陸軍兵來大舉進攻塞浦路斯

（Cyprus）；這個島嶼在地中海東邊，土耳其之南，離威尼斯很遙遠。奧賽羅受命就職之後，馬上要指揮隊伍去抵禦即將入侵的敵人。但恰巧海上忽然掀起了大風暴，把進攻的敵艦颳得七零八落，幾乎全軍覆沒，於是土軍祇得倉忙撤退，威尼斯城邦因而得到了不戰而勝的大捷。

　　榮膺威尼斯城邦的公爵所授命，新任職的將軍奧賽羅，鬥志昂揚，剛從威尼斯中心迅速來到遙遠的塞浦路斯島上這前線；他原來是為因前方軍情緊急，趕來指揮防守部隊的。但喜從天降，一到前線，土耳其敵軍已消弭得無影無蹤。他早在威尼斯受到知政事大夫孛拉朋丘（Brabantio）很大的器重，時常被邀請到他府邸裡去款待和盤桓。他把他漫遊各地外邦異國的遭遇和見聞，娓娓動聽地對大夫不斷加以敘述，聽得在座的大夫的獨生千金玳思狄莫娜深深愛上了他，日子一久，如今竟瞞著她父親跟他締結了百年眷戀。等到大夫被人告知，發覺了這情況，控告到公爵那裡去，說他誘騙他的閨女；公爵正式審問時，一雙有情人都供認，因為奧賽羅所口述他遨遊的經歷打動了她的心，所以他們情投意合，剛正瞞著大夫已私行結褵，無法再分袂訣別。孛拉朋丘這就只得正式承認了這樁親事。當土耳其艦隊將入侵的風聲緊急中，玳思狄莫娜跟隨比她年長十歲出頭的將軍夫婿，由伊耶戈陪同，另行乘快船也已來到了塞浦路斯島上這海港前線。當時這島上的海港實行六小時慶賀，從下午五點鐘到晚上十一點，堡壘裡所有的廚房、酒窖、伙食間、總管房等一律開放，招待軍民聯歡，慶賀勝利。

　　還不到晚上十點鐘，這時候距離終止慶祝只差一小時多。將

軍奧賽羅已經去休息，他把歡慶勝利中的秩序交給職位最低級的
掌旗官伊耶戈去把握，料想不會有什麼問題。他的前任塞島總督
蒙塔諾和副將軍凱昔歐，還有莃洛稜斯人洛竇列谷和塞浦路斯島
上的士子們等不多的一些人餘興未盡，還在慶賀勝利。忽然在幕
後，凱昔歐爲因洛竇列谷說了句要他盡職的話，他酒量小已經喝
醉，覺得自己是副將軍，洛竇列谷無權無位，怎麼來教訓他，就
吵鬧了起來。他們彼此追趕到幕前台上，蒙塔諾本來對凱昔歐互
相都有點意見，他勸凱昔歐息事寧人；凱昔歐則發酒瘋，不由分
說，拔劍向蒙塔諾刺去，使他受了傷，這就使事態變得相當嚴重
了。衝突業已發生，伊耶戈要洛竇列谷去叫嚷鬧事已造成了叛變，
跟著報警的鐘聲立即鳴響，將軍奧賽羅就上場來。他看到的情況
是，他所擢任的副將軍凱昔歐酒醉動武，刺傷了島上的督撫蒙塔
諾，他當即斷然將凱昔歐撤職。

　　鬧鬧散去後，伊耶戈因對奧賽羅和凱昔歐深深懷恨在心，現
在機會來到，爲挑撥離間，他向凱昔歐提出，要挽救他被撤職，
莫如親自去懇求玳思狄莫娜。「我們將軍的嬌妻如今是將軍，」
他說，將軍眼前只「專心而竭誠於沉思、目注與供奉她的窈窕與
美慧；」「你去對她盡情地懺悔，對她懇求，她會設法將您安置
在原來的職位上」。同時，他要他妻子愛米麗亞，玳思狄莫娜的
伴娘，替凱昔歐向玳思狄莫娜殷切請求，以加強促使她勸奧賽羅
把凱昔歐復職。而當凱昔歐懇求玳思狄莫娜時，他設法把奧賽羅
引開，再引奧賽羅在凱昔歐離開時見到他懇求玳思狄莫娜後離
去。這麼樣，他使奧賽羅親自見不到她妻子與凱昔歐之間彼此相
見時的神情態度，但又分明見到凱昔歐曾一再去看他的妻子，而

對伊耶戈所捏造的他們彼此間的親密關係信以爲真，以增強他欺
騙的說服力，使他奸詐的挑撥離間得逞。

　　另一方面，伊耶戈要他妻子愛米麗亞偷竊奧賽羅給玳思狄莫
娜的一方絲手帕。伊耶戈聽說她有那樣一方具有獨特魔力的手
帕。那本來是奧賽羅的母親給他父親的定情飾物，相傳有神祕的
福佑恩愛作用。恰巧，可是極不幸，正當奧賽羅感到一陣頭痛時，
玳思狄莫娜就把她身邊、他給她的那方刺繡得有草莓的絲手帕，
從身邊掏出來綁在奧賽羅額上。這方小手帕，奧賽羅覺得太小，
綁得太緊，同時也因爲他邀請了島上的貴賓們進午餐，他們夫婦
急於要去當主人主婦赴宴，手帕被奧賽羅拉脫，落在地上被遺忘
掉，匆忙間他沒有立即撿起來交給她，她也未曾注意去收回，而
被愛米麗亞拾得。伊耶戈曾再三再四要她偷來給他，現在在她手
上，他恰巧上場來，她便給了他。她問他作何用途，他當然不說。

　　玳思狄莫娜受了凱昔歐的殷切央求，懇請她替他對奧賽羅求
情說好話，將他寬恕，恢復他的副將軍職位，以及她的伴娘愛米
麗亞也從旁勸說，且酒醉鬧事不同於惡意的傷害，總該可以原諒。
她生性和藹，以助人爲樂，又加奧賽羅向她求婚時，凱昔歐曾屢
次從中有助於他們的戀愛。但是，奧賽羅則由於蒙塔諾是他的同
僚，且在當地頗得人望，無端被凱昔歐所刺傷，雖出於後者酒後
的偶爾過失，按情理他本來就難於作出決定，去允許凱昔歐復職；
而現在經伊耶戈（在第三幕第三景裡）欺騙得對凱昔歐滿腔憤怒，
當然已絕無意向使凱昔歐復職，只對他充滿了敵意。

　　愛米麗亞並不與她丈夫伊耶戈同謀合作，她生性善良，很喜
愛玳思狄莫娜，但爲人不怎麼精明細到，至少在她認爲不怎麼了

不起緊要的事情上不夠認真踏實，結果卻幫同肇成了慘禍。她分明把奧賽羅給與玳思狄莫娜的那方掉在地下的手帕拾到了，且已不拈輕重隨意給了她丈夫伊耶戈，雖然她明知她女主人如果知道會急壞。在第三幕第四景二十餘行處，當玳思狄莫娜問她「我在那裡丟失這手絹的？」時，她竟說「我不知道，娘娘。」她這一下隨意的不講真話，後果很嚴重，是造成這悲劇的一個重要因素，因為落入了伊耶戈手中，被他放在凱昔歐寓所裡以加強他造謠污衊的份量，後果是她意想不到地極為嚴重。人們在日常生活中有時會見到類似的情況，或自己遭逢到而身受程度不同的苦難。在現在這劇情裡，奧塞羅和玳思狄莫娜對於他們在接待塞浦路斯島賓客們午餐前，奧賽羅因那手帕太小、綁得太緊而把它拉掉，落在地下的一些經過，他們竟然完全忘記掉，似乎不大合情理，否則他們可以責成愛米麗亞負責去找到。而據詹摩蓀夫人（Mrs. Jameson）說（見第三幕第四景第11條註），在欽昔喔的義大利文原故事裡，這手帕是伊耶戈叫他三歲的小女兒在玳思狄莫娜身上偷去的，當玳思狄莫娜很愛這孩子，抱著她的時候。這一情景似乎比較合理，但在莎氏當時的戲院舞台上，由飾演婦女的十七、八歲的男童去抱一個三歲的小女孩演出這一細節未免太麻煩，故而可能被略去。

　　接下來伊耶戈完全憑空、深懷著惡意去捏造，對奧賽羅「揭露」說，玳思狄莫娜有一次在凱昔歐臥房裡他的床上，曾同他一起纏綿了有一個多小時。他自己跟凱昔歐友誼密切，他說，最近有一晚他沒有回自己的寓所，曾在凱昔歐那裡和他同床度過一宵；深夜時凱昔歐在睡夢中爬到他身上把他當作玳思狄莫娜，頻

頻對他親吻,並作出狎褻的要求。奧塞羅聽到這些構陷時深信不疑,因而大怒,當羅鐸維哥從威尼斯來傳示召他回去,任命凱昔歐繼任他的指揮職務時,他當著公爵使節羅鐸維哥的面打他妻子的頭面,使羅鐸維哥大爲詫異。

劇情進入第五幕第一景,伊耶戈爲騙取了紈袴子弟洛賓列谷一大堆金珠寶石,說由他經手和設法,去饋贈給玳思狄莫娜,可以使她和他發生他所願望的色情關係。已到了必須完成那交易的階段,故而伊耶戈就利用洛賓列谷在晚間街道去殺死凱昔歐,謊說因爲凱昔歐原來跟玳思狄莫娜先已有了曖昧的關係。洛賓列谷被騙在晚間街頭對凱昔歐行兇,作爲一椿情敵間彼此爭風吃醋的暴行,但凱昔歐的外褂能抵禦武器,他拔劍自衛反而刺中了洛賓列谷。伊耶戈躲在旁邊見凱昔歐無恙,就在凱昔歐背後對他衝刺,重傷了他的腿部。這一景結束時,洛賓列谷因傷重而死,所以伊耶戈已把他的金珠寶石全部騙到了手,再無人會向他索要了,而凱昔歐被刺傷了腿,卻不知在他背後行兇的乃是伊耶戈。

到了這部悲劇詩的最後一景,慘澹得駭人聽聞和目睹的災禍先後降臨到劇中的女主角和男主角身上。大惡棍伊耶戈爲了他覺得身受到對他太不公正的對待,使他失去他所應有的副將軍職位和權利,故而他千方百計憑空造謠誣衊,挑撥離間,製造矛盾、敵對而加以惡化,務必使奧賽羅連同他的妻子玳思狄莫娜(她對伊耶戈毫無一點仇冤可言,只除了她是奧賽羅的嬌妻,以及她曾天真無邪地力勸她夫君將凱昔歐復職)先後都受到極慘酷的打擊而死。奧賽羅深深中了伊耶戈繪聲繪色描摹的造謠誣衊之毒,說玳思狄莫娜和凱昔歐通姦,加上奧賽羅親自看到凱昔歐從他衣袋

裡抽出玳思狄莫娜所保有、他自己給她、要她不可失落的那方神
祕的手帕,這就「證實」了(奧賽羅認為)伊耶戈的惡毒捏造確
是事實。奧賽羅終於下毒手將他妻子活活掐斷了呼吸,窒息而死。
但這慘絕塵寰的冤屈終於很快(但已很遲很晚)得到了澄清和證
實,當著塞浦路斯總督蒙塔諾和從威尼斯來的玳思狄莫娜的叔父
格拉休阿諾以及她父親的親屬羅鐸維哥等人之前,愛米麗亞證明
是她拾到了那方手帕,她丈夫伊耶戈曾再三再四要她偷來給他,
她拾得後不慎交給了他,他去丟在凱昔歐寓所中,而凱昔歐撿到
後則隨意放進了口袋裡去使用。真相大白,愛米麗亞徹底揭發了
她丈夫伊耶戈的惡毒詭計。伊耶戈被徹底揭發後,竟奔向他妻子
愛米麗亞,用匕首一下子將她戳死。接著,奧賽羅用佩劍刺傷了
伊耶戈,但沒有把他戳死。自威尼斯來的貴冑羅鐸維哥吩咐,叫
手下人取去了奧賽羅的佩劍,但他還有一柄暗藏的短刀;奧賽羅
講了臨終前痛切悔恨自責的一段話之後,立即手揮利器戳死了自
己。慘痛的悲劇就這樣斷然結束。

　　《威尼斯的摩爾人奧賽羅的悲劇》(*The Tragedie of Othello
the Moore of Venice*),它的寫作年代遠在將近四百年前,據莎作
學者考立歐(J. P. Collier, 1789-1883)估計,當在1602年的上半年。
在那年的7月31日和8月1、2日,伊莉莎白女王帶同她的朝臣們曾
駐蹕於多馬・艾勾登爵士(Sir Thomas Egerton)的海勒菲爾特
(Harefield)莊園,在那三天裡曾最早演出過這本戲,女王對伶
人們賞賜了十個金鎊。而最早在倫敦劇院裡演出,據莎作學者曼
隆(E. Malone, 1741-1812)查考,是在1604年。至於印刷成書則
遲至十七年餘後的1621年10月6日,在當時倫敦的《書業公所登記

錄》（*Registers of the Stationers' Company*）上有明晰的記載。接著，在下一年，就出版了第一版四開本，

THE | Tragoedy of Othello, | The Moore of
Venice. | As it hath beene diuerse times acted
at the | Globe, and at the Black-Friers, by | his
Maiesties Seruants. | Written by William Shakespeare. |
〔Vignette〕| LONDON, | Printed by N. O. for Thomas
Walkley, and are to be sold at his | shop, at the Eagle and
Child, in Brittans Bursse. | 1622

　　這是書名頁上所印的說明。在地球劇院和黑（衣）僧劇院，經君王御賞班多次演出過，劇本作者是威廉・莎士比亞，印刷者N. O.是涅谷拉斯・喔克斯（Nicholas Oakes），出版人為托馬斯・渥克萊。這劇本收入標明於1623年11月8日在倫敦《書業公所登記錄》（*Registers of the Stationers' Company*）上註冊發行的初版對開本《全集》（其中缺少〈貝律格理斯〉〔Pericles〕一劇）內，實際上於1624年2月間出版。黑（衣）僧劇院（Blackfriars Theatre）是萊斯忒伯爵（Earl of Leicester Robert Dudley, 1532?-1588）府戲班裡的詹姆士・裒培琪（James Burbage, 1597年卒）於1596年從解散了的黑（衣）僧修道院原址所購置的一批房屋改建成的一座劇院，由於在那裡演戲遭到反對，故在1598年把房屋結構拆開，運遷到泰晤士河（Thames River）右岸去，第二年另建成一座八角形

的環球劇院（Globe Theatre），這劇院用茅草、蘆葦等蓋頂，能
容納一千二百觀眾，1613年因上演莎氏的《亨利八世》，在君王
上場時放砲，草頂著了火而焚燒掉。第二年重建，最後於1644年
被拆毀。

　　上面說起《奧賽羅》的最初兩個版本，一是1622年的初版四
開本，二是1623年的初版對開全集本。隨後有1630年的二版四開
本和1632年的二版對開全集本，1655年的三版四開本和1663年的
三版對開全集本，以及1685年的四版對開全集本。這些是這本戲
在十七世紀的所有版本，其中以最先兩種比較重要。至於從十八
世紀的Rowe，Pope，Theobald，Hanmer，Warberton，Johnson等
開始，中經十九世紀的註釋校訂的各家，直至Furness氏的《新集
註本》（1886再版），最後到二十世紀的G. L. Kittredge和J. D. Wilson
等，著名的校訂評註本總共在四十家以上，我這譯本未能一一博
採，祇得根據Furness氏的新集註本略陳若干家的考訂評騭。

　　在黑（衣）僧劇院和地球劇院多次上台飾演《奧賽羅》這悲
劇主角的是詹姆士・裒培琪（James Burbage, 1579卒）的兒子、名
伶理查特・裒培琪（Richard Burbage, 1567?-1619），他廿一歲時
已聲名籍籍；他跟莎士比亞年齡差不多，彼此是友好的戲班子裡
的同事；他善於演悲劇，曾多次飾演過《哈姆雷特》和《奧賽羅》
中的主角，以及班・絳蓀（Ben Jonson, 1573-1637）和蒲芒（Francis
Beaumont, 1584-1616）與弗蘭丘（John Fletcher, 1579-1625）所寫
悲劇中的主角。莎士比亞作爲一個上戲台的伶人則相傳只飾演《哈
姆雷特》劇本中父王的亡魂亮了相，沒有飾演過什麼劇中的主角。

　　關於奧賽羅的膚色問題，黑（衣）僧劇團和後來的地球劇團裡莎士比亞的夥伴理查特‧衰培琪當然得到他本人的同意，把劇中的主角飾成怎樣的姿容，但沒有詳實可靠的紀錄可查。不過，較晚些時候的班透登（Thomas Betterton, 1635?-1710），以及後來的詹姆士‧魁英（James Quin, 1693-1766）、亨利‧莫索伯（Henry Mossop, 1729?-1774）、司潑亮構‧巴萊（Spranger Barry, 1719-1777）、台偉‧茄立克（David Garrick, 1717-1779）、約翰‧費律‧堪布爾（John Philip Kemble, 1757-1823）等，都把奧賽羅飾成一個黑人，要等到藹特孟‧歧恩（Edmund Kean, 1787-1833）才加以糾正，飾成淡棕色的姿容，跟西班牙人膚色差不多。

　　這部大悲劇的男女主角奧賽羅和玳思狄莫娜的姻眷原來是十分美滿幸福的，但駭人的惡棍伊耶戈，爲了小小的一點個人怨懟，橫下一顆險惡的狼心，鼓努他滿腔的狠毒，陰謀詭計，造謠污衊，釀成了男女主角之間的生死敵對和慘酷的冤枉；但那還不夠滿足他兇烈的奸險毒辣，此外他還得痛擊凱昔歐，務必要把他殺死；爲滿足他的貪慾，他還使出拿手詭計，詐騙洛寶列谷的金珠寶石，並置之死地。這樣一個人間惡魔的縮影便昭然在劇院舞台上，在書齋裡卷帙間飛揚拔扈，稱王稱霸地呈現在人們眼前。

　　《奧賽羅》這個悲慘的故事來自十六世紀義大利的欽昔喔書中，而十七世紀初年英格蘭的威廉‧莎士比亞把它寫成這部慘怛得驚人的悲劇詩，引起了人們哀痛的深思。我們如今要問：我們的現實世界裡有沒有這樣的故事和其中的人物，尤其像伊耶戈這樣的惡煞？回答是：有！肯定有！而且有時要擴大許多萬倍！伊

耶戈式的人物一旦掌權，那麼受害者就不是幾個人，而是成千上萬，甚至會造成國家民族的悲劇和浩劫，善良的人們要警惕啊！

孫大雨

1988年8月8日

威尼斯城的摩爾人
奧賽羅之悲劇

劇中人物

奧賽羅	摩爾〔非洲西北部濱海一民族〕人
孛拉朋丘	玳思狄莫娜之父
凱昔歐	一光明磊落之副將
伊耶戈	壞蛋〔奧賽羅之旗手〕
洛竇列谷	一受騙之士子
威尼斯公爵	
知政事大夫數人	
蒙塔諾	塞浦路斯島總督〔奧賽羅之前任〕
賽浦路斯之士子數人	
羅鐸維哥	威尼斯貴冑二人〔孛拉朋丘之親戚與兄弟〕
格拉休阿諾	
水手數人	
小丑	〔奧賽羅之家僮〕
玳思狄莫娜	奧賽羅之妻〔孛拉朋丘之女〕

愛米麗亞　　　　　伊耶戈之妻〔玳思狄莫娜之伴娘〕
碧盎佳　　　　　　神女〔與凱昔歐相好〕

〔信使、傳令官、軍官多人，樂人多人，侍從多人〕
〔劇景：第一幕，在威尼斯；第二至第五幕，在塞浦路斯島上一海
　　　　港〕

目次

第一幕

第 一 幕

第一景

〔威尼斯。一街道。〕
洛賓列谷與伊耶戈上。

洛賓列谷　噓！
切莫跟我來這一套；我很不樂意，
伊耶戈，你拿了我的錢包，像是你
自己的一般，卻竟然知道這件事。

伊耶戈　他奶奶，可是你不聽我分說：
假使我能夢想到這樣的事兒，
把我當狗屎。

洛賓列谷　你跟我說過，你一向對他有仇恨。

伊耶戈　鄙棄我，若是我不那麼。城裡三位
大老，脫著帽，都將我向他推轂過，

當他的副將；而且，憑人的真誠

說話，我知道自己值多少，我十足

配得上那樣的位置；可是他愛的是

他自己的驕傲和一意孤行，閃避了

他們，使一派浮誇、曲折的廢話，

那中間滿都是一些戰陣的言辭；

總之，他拒絕我的居間人；因為，

「肯定」，他說，「我已經選好了副將。」

那是個怎樣的人呢？

您說當真嘛，是個算術大家，

名叫瑪格爾・凱昔歐，弗洛倫斯人，

有個漂亮老婆差不多注定了

叫他受罪的霉傢伙[1]；他從未在戰場

上面調遣過隊伍，戰陣的性質

他懂得不比一個紡織女娘

來得多；除非把書本理論來充數，

那上頭，那些峨冠博氅[2] 的知政事[3]

1　凱昔歐（Cassio）在我們這劇本裡分明是個沒有妻房的人，說他有個漂亮老婆無論如何與劇情不符。在Furness的新集註本裡，有從Theobald以降到F. A. Leo的四十餘家箋註，小字密排五頁之多，但這個謎始終沒有弄清楚。Furness所作結論謂，最後只能響應Johnson的說法，認為這是莎作原印本上目前無法澄清的一些訛誤和隱晦的片段之一。在莎氏本劇故事的藍本──他所借用的十六世紀義大利小說家、詩人、劇作家與大學教授Giovanbattista Giraldi Cinthio的《百篇故事集》（*Hecatommithi*，1565年出版於Montereoale, Sicily）裡，第37篇小說內的部隊隊長凱昔歐，則是有一個未提名氏的妻子的。

也能跟他一個樣，舌燦著蓮花：

光紙上談兵，眇無實際，原來是

他全部的韜略。但是他，先生，卻中選

膺命；而我——他親眼見到過確證，

在羅德斯、塞浦路斯、其他的基督徒、

邪教徒戰場上——倒被這「借方和貸方」[4]

2　本劇初版對開本（1623）原文作「Tongued Consuls」。譯文所據的初版四開
　　本（1622）原文作「toged consuls」，Dyce校改為「toged consuls」意即穿著
　　大袍（toga）的知政事或議政官們（身份總是元老）。這裡加上了「峨冠」
　　一辭，根據的是Steevens在另一註解裡（見Furness新集註本33頁）所引Fuseli
　　語：「在威尼斯，直到現在，高冠（bonnet）與大袍（toga）」仍然是貴族
　　榮譽的標誌。」

3　按這裡與後面的「consuls」跟後面的「senator」或「senators」字面雖然不同，
　　實際上是通用的。綜合Theobald, Steevens, Malone, Furness四家註，嚴格講
　　來，總攬邦國大政的公爵、伯爵當稱「consuls」（根據Geoffrey of Monmouth
　　與Matthew Paris的說法），襄贊軍政要務的元老如宇拉朋丘之流當稱
　　「senators」，前者較後者總要高出一頭；可是在泛指的時候，後者也可以叫
　　做「consuls」，而前者則不能稱之為「senators」，雖然對於至尊無上的大統
　　治者而言，甚至國王也可以被稱為「senators」（Marlowe, *Tamburlaine*, 1590,
　　第一章，一幕二景）。譯成漢文，在「諫大夫」（秦、漢武帝）、「諫議大
　　夫」（東漢、隋、唐、宋）、「知政事」與「參知政事」（唐、宋、金、元，
　　相當於副宰相）、「參議」（元、明、清、民國）等各種名稱中，我覺得「知
　　政事」最合適，因為名高而位重，其他則不是在職責上偏於一方面，便是位
　　卑職小，或無足輕重。「知政事」或許加上「大夫」的稱號，更顯得相稱。

4　據A. Schmidt之《莎士比亞辭典》（*Shakespeare-Lexicon*）《補遺》所引
　　Cowden-Clarke與Gollancz說，這是古時一本簿記學論著的書名，這裡用作取
　　笑凱昔歐的綽號。Dyce在他的《莎士比亞語彙》（*Shakespeare Glossary*）裡
　　引用一本1543年出版會計學論著的書名頁上的冗長的題名，其中有「借方和
　　貸方」等語。

把風收了去，使篷帆跌落；這管帳，

只有天知道，一定得當他的副將，

而我——請原諒！——他摩爾大人的旗手。

洛竇列谷　　憑老天[5]，我卻願意做他的吊絞手。

伊耶戈　　啊也，沒辦法可想：這軍差戎伍中，

糟就糟在升遷需要仗介紹信

和喜愛，不憑下手頂上手的晉級

年資，按著陳年慣例一步步

往上升。現在，先生，您自己去判斷，

我同他的關係是否說得上什麼

敬愛這摩爾人。

洛竇列谷　　　　　　　　若是我，就不去跟他。

伊耶戈　　啊！先生，可把心情放舒泰；

我追隨著他，聊不過奔走一遭兒；

我們不能全部作長官，長官

也不能全得到忠誠的侍候。您可以

看到好些恭順、屈膝的追隨者，

對自己那過於懇懃的奴役有偏愛，

挨了一輩子，像他主人的驢兒般，

只是為草料，等他人一老就給

5　這裡和其他好些地方，字面上雖為「上天」，本意卻是指上帝，不過因宗教
　　虔誠關係故諱言之。譯文雖無所避忌，但口口聲聲「上帝」，有如牧師講道
　　一般，也不好聽，故譯為「上天」、「皇天」、「老天」、「上蒼」、「青
　　天在上」等等。

抛棄掉；這樣忠厚的僕從，請為我
給他頓鞭子吃。另外有些人，他們
修飾得在外表和形態方面很盡責，
卻將內心保留著替自己去操勞，
他們對上頭只使出服勤的表現，
自己卻獲益匪輕，他們把口袋
裝滿時，將自己當作主人翁：這些人
有靈魂；我聲言我便是這樣的人物。
正好比，先生，您確是洛竇列谷，
假使我是那摩爾人，我不願自己是
伊耶戈：我追隨著他，無非為自己
奔走；讓上天來替我裁決，我對他
說不上敬愛與情誼，不過好像是
如此罷了，為的是我特殊的目的：
因為，當我外面的行動顯示出
我衷忱運用和內心形態的表象時，
過不久我將把我的心佩在衣袖上，
給穴鳥去剝啄；我不是這般模樣。

洛竇列谷 假使厚嘴唇能在這上頭也這般
取勝，他將有多麼大一份財富！

伊耶戈 叫起她父親，叫醒他；追趕他，毒化
他那陣歡樂，公開在街頭揭發他；
鼓搗起她家的親戚；雖然他好比
在豐實之鄉居住，叫蒼蠅去叮他，

　　　　讓煩惱纏擾個不休；雖然他的歡樂
　　　　是歡樂，把困窘的事變儘往上傾瀉，
　　　　使它消失掉光彩。

洛竇列谷　這裡是她父親的房子；我要來叫嚷。

伊耶戈　來罷；用恐懼的聲調和怕人的呼喊
　　　　來報警，如同夜間悄無人注意，
　　　　瞥見居民密集的城市裡火起。

洛竇列谷　喂喂！孛拉朋丘！孛拉朋丘大夫，喂喂！

伊耶戈　醒來！喂喂！孛拉朋丘！捉賊！
　　　　捉賊！捉賊！瞧你的房子、女兒
　　　　和錢袋！捉賊！捉賊！

　　　　　　　孛拉朋丘於高處窗頭〔上〕。

孛拉朋丘　是什麼道理叫喊得這樣嚇人？
　　　　是怎麼一回事？

洛竇列谷　大夫，您家人都在裡邊嗎？

伊耶戈　　　　　　　　您門戶
　　　　都鎖了？

孛拉朋丘　　　　爲什麼？你們爲什麼問這個？

伊耶戈　他奶奶！大人，您給強盜打劫了；
　　　　請顧全身份，披上了長褂；您的心
　　　　碎了，您掉了半個靈魂；就是
　　　　現在，現在，正好是現在，有隻黑
　　　　老公羊爬在您那白的小母羊身上。
　　　　起來，起來！搖鈴把打鼾的公民們

喚醒，不然那魔鬼要使您變成個
爺爺。起身喲，我說。

孛拉朋丘　　　　　　　　什麼！你們
神經錯亂了？

洛竇列谷　　　　　非常尊敬的大夫，
您認得我這聲音嗎？

孛拉朋丘　　　　　　　認不得，您是誰？

洛竇列谷　我名叫洛竇列谷。

孛拉朋丘　　　　　特別不歡迎：
我警告過你，莫到我門首來鬼混：
你聽我非常開誠地說過，我女兒
不能嫁給你；現在，發著瘋，吃飽了
晚飯，灌得酩酊，惡意來搗亂，
你來攪擾我的安寧。

洛竇列谷　大人，大人，大人！

孛拉朋丘　　　　　　但你得弄清楚，
我的生性和地位有力量叫你
為這事吃苦。

洛竇列谷　　　　　鎮靜些，請您老人家。

孛拉朋丘　你跟我說什麼打劫？這是威尼斯：
我這房子不是所荒僻的田莊。

洛竇列谷　最尊敬的孛拉朋丘，我一秉誠懇、
純潔的精神來找您。

伊耶戈　他奶奶！大人，您是這樣一個人，假使魔鬼要您去

　　　　　　侍候上帝，您就偏不肯。因爲我們來爲您好，您便

　　　　　　把我們當作混混兒，原來您願意自己的女兒給一隻

　　　　　　巴巴利[6] 紅鬃馬壓在身上；您願意您的外孫對您嘶

　　　　　　鳴；您願意您的外孫兒、外孫女們都是些龍駒快馬，

　　　　　　您的近親小輩是些西班牙種的小馬。

李拉朋丘　　您是什麼髒嘴巴的賤東西？

伊耶戈　　　我是這麼一個人，大人，來告訴您，您女兒跟那摩

　　　　　　爾人現在正在兩張背皮朝外，幹那畜生的勾當。

李拉朋丘　　你是個壞蛋。

伊耶戈　　　　　　　　　您是個──知政事大夫。

李拉朋丘　　這你得負責；我認得你，洛竇列谷。

洛竇列谷　　大人，什麼事我都得負責。但是，

　　　　　　我請您，假使您高興而且考慮後

　　　　　　還同意，──我見到，事情確有點這麼樣，──

　　　　　　讓您那標緻的姑娘，在午夜才過，

　　　　　　當這昏沈的宵靜時刻，給一個

　　　　　　不好不歹的保護人、僱來的眾家奴，

　　　　　　一名艣舠船夫，載送給一個

　　　　　　淫亂的摩爾人，投進他粗鄙的摟抱，──

　　　　　　假使這件事您知道而允許，那我們

　　　　　　便對您犯下了粗魯、莽撞的大不敬；

6　Barbary，非洲北部古廣大地區之統稱，從埃及迤西直到大西洋邊。參閱四幕
　　二景二百三十餘行處「毛列台尼亞」註。

但您若不知這件事，我品行的常規
告訴我，我們蒙受了您不當的斥責。
莫以為，絕無一點兒禮讓之感，
我會來戲謔、玩忽您老的尊嚴；
您女兒，如果您未曾允許她那樣做，
容我再說聲，幹了樁荒唐的忤逆；
把她的名份、美貌、理智和幸運
攀上了一個浮遊浪蕩的陌生人[7]，
他屬於此間，也屬於任何那一方。
馬上弄一個明白：她若在閨房中，
或在您屋裡，就行使公邦的法律
來將我懲處，為了我這般欺騙您。

孛拉朋丘　喂喂，打上燈兒！給我一支
蠟燭！把全家人都叫起來！這變故
倒不是不像我的夢；我相信了它，
已經在感到難受。點上火，我說！
點上火！　　　　　　　　自高處退下。

伊耶戈　　　　　　再會，我一定得和您分手：
這似乎對我的地位不適當，沒好處，
如果由我來作控告那摩爾人的見證，

7　Lawrence Mason：這裡涉及到奧賽羅的身份是一個所謂「命運軍人」，而不
　　是個威尼斯城邦的本地人。威尼斯當時的法律規定邦國的軍隊統帥應當是個
　　政治上沒有資格的外邦人，那樣就沒有政治野心可能分他的心，使他不嚴格
　　執行他軍事上的職責，以及危礙到邦國的安全。

因為，我若耽下去，就得去作證；
我知道公政院，為了邦國的安全，
不能將他撤職，不管這件事
會怎樣引起申斥，惹得他惱火了；
因迫切的需要，他已被任命去指揮
塞浦路斯的戰事，——實際上這已在
進行中，——而且，即令為拯救靈魂，
他們也找不到他那樣能幹的統帥；
關於那，雖說我恨他甚於憎惡
地獄的慘刑酷虐，我還得為目今
過日子的需要，打著敬愛的旗號，
不過那祇是標識而已。為了您
準能找到他，把已經轟起來的搜尋
人眾領往「人馬驍」館驛[8]；我將在
那邊，跟他在一起。就這樣，再會。　　〔下〕
　　孛拉朋丘與執火炬僕從數人上。

8　「Sagittary」，大概是以黃道十二宮裡的第九宮「人馬宮」或「射手座」的
　　標誌「Sagittarius」（拉丁文：射箭手）為招牌的一家客舍或賓館，而不是武
　　庫營一所海、陸軍指揮官的官邸（如Knight所說）。雖然德國莎氏學者Theodor
　　Elze考據出來，在奧賽羅當時的十四家威尼斯客舍裡並無「Sagittary」這牌
　　號（《莎士比亞年鑑》，1879），但正如他所說的，這大概是莎氏所臆造的
　　名稱。中世紀浪漫傳奇裡所說的這隻古希臘神話裡的半人半馬的神獸
　　（centaur）名叫Chiron，目光如炬，佩一壺箭，持一張弓，碰到它的如觸電
　　閃，無不立斃。「驍」為良馬，又訓勇捷雄健，故這裡譯「Sagittary」為「人
　　馬驍」。古代中外旅邸大多兼理驛務，故稱之為「館驛」。

孛拉朋丘	這是太真確的一件壞事：她去了， 我這被鄙視的餘生再沒有別的， 只剩下痛苦。現在，洛竇列谷， 你那裡看到她？啊，苦惱的女兒！ 跟那個摩爾人在一起，你說？誰願意 做父親！你怎麼知道那是她？啊唷， 她將我欺騙得難於設想。她對您 說什麼？多來些火把！把親屬人眾 全都叫起來！他們結了婚嗎，您想？
洛竇列谷	果真，我想他們已結了。
孛拉朋丘	啊，我的天！她怎樣出去的？啊， 我親生骨肉的不忠誠：父親們，你們 從此莫再看了女兒們的行動， 便相信她們的心。是否有魔法 能叫年輕的處女中了魔，給糟蹋？ 洛竇列谷，您可在書本上唸到過 有這樣的事？
洛竇列谷	不錯，大人，我唸到過。
孛拉朋丘	叫起我的兄弟來。啊！但願您娶了她。 有人這條路上走，有人走那條！ 您知道，我們在那裡能將那摩爾人 同她抓到？
洛竇列谷	我想我能找到他， 您若能帶同充分的護衛，跟我

　　　　　　　　　　一起來。

孛拉朋丘　　　　　　請您領先。我在每一所
　　　　　　房廊前要叫人；好召喚儘多的人手。
　　　　　　帶著武器，喂喂！叫起幾個
　　　　　　專司守夜的官長。親愛的洛寶列谷，
　　　　　　往前走；我將不辜負您麻煩這一場。　　同下。

第二景

〔另一街道。〕
奧賽羅、伊耶戈與手執火炬侍從數人上。

伊耶戈　　雖然在戰爭行業中我也殺過人，
　　　　　可是我認爲良心的本質不能
　　　　　讓我幹預謀的兇殺：我缺少邪惡，
　　　　　有時候去爲我幹事。九次或十次，
　　　　　我想要在他肋脅下戳這麼一刀。

奧賽羅　　還是現在這樣好。

伊耶戈　　　　　　　　　　不然，他胡言
　　　　　亂語，用那樣卑鄙慪人的辭句
　　　　　攻擊您鈞座，
　　　　　以我那一點點敬畏上帝的虔誠，
　　　　　委實難對他饒讓。但請問，將軍，
　　　　　您可曾固定不移地結過婚？要把穩
　　　　　這件事，因爲上大夫人緣奇好，
　　　　　他的話，論實際效果，影響比公爵
　　　　　還隆重得多；他將會分離開你們，
　　　　　或者把法律能允許的任何控制

　　　　　　　和磨難——他將會全力以赴去貫徹——
　　　　　　　加在您身上。

奧賽羅　　　　　　　　　　儘他去對我施恨毒：
　　　　　　　我對城邦公政院所盡的勞蹟，
　　　　　　　會講贏他對我的控訴。我們還得要
　　　　　　　知道，誇口是件光榮事：這個，
　　　　　　　我知道以後，將會公開宣佈。
　　　　　　　我此身的生命與存在，系出君王
　　　　　　　品位。以我的優長，用不到去冠，
　　　　　　　我能對跟我獲致的高位齊階
　　　　　　　並比的任何人說話。要知道，伊耶戈，
　　　　　　　若不是我對溫婉的玳思狄莫娜
　　　　　　　情深如海，我不會使自己無家室
　　　　　　　之累的自由，受任何規範與制限，
　　　　　　　即令能奄有大海的金珠珍貝。
　　　　　　　可是，你看，那邊有什麼燈火來？

伊耶戈　　　這是那轟動起來的父親和親屬：
　　　　　　　您最好還是進去。

奧賽羅　　　　　　　　　　我不；我一定
　　　　　　　得給他們找到：我一身的優長、
　　　　　　　我光榮的稱號、我有備無患的心神，
　　　　　　　會將我正當地顯示。這是他們嗎？

| 伊耶戈 | 憑始初的兩面神[9]，我想不是。 |

凱昔歐上，帶同軍官數人、火炬手數人。

奧賽羅	公爵的親隨人眾，和我的副將。 朋友們，夜晚的良時臨照諸君！ 有什麼消息？
凱昔歐	公爵向您致意， 將軍，他要您十萬火急去見他， 頓時立刻。
奧賽羅	你以爲有什麼事情？
凱昔歐	塞浦路斯島有事，據我猜想。 事情有一點緊急；就在今晚上， 大划船一疊連送來了一打報差， 一個個後先相繼，接踵而至； 好幾位知政事都被叫起來，已經 會聚在公爵府邸。您緊急被召； 不能在寓邸裡找到，知政事公署 派出了三起哨探去將您搜尋。
奧賽羅	給你們找到了，很好。我進屋只講 一句話，就來跟你們同去。　　　〔下。〕
凱昔歐	掌旗官， 他到來做什麼？

9　Janus，羅馬神話中守天門的神道，司門户（私人門户和城門）以及天下百物之始（歲月、生命等）。他的造像有兩個面孔，一前一後，有時有四個頭。在羅馬他的神廟裡，在戰時廟門洞開，平時則關閉著；他是邦國的保護神。

伊耶戈	說實話，他今夜登上了
	一艘旱地大樓船；如果是合法
	中彩，他這就一輩子的財富臨門。
凱昔歐	我不懂[10]。
伊耶戈	他結了婚。
凱昔歐	跟誰？
伊耶戈	憑聖母，跟—

〔奧賽羅上。〕

	來，都督，您去吧？
奧賽羅	和你們同去。
凱昔歐	這裡又來了一支隊伍來找您。
伊耶戈	這是孛拉朋丘。將軍，請小心；
	他來沒好意。

孛拉朋丘、洛竇列谷，帶同軍官多人、火炬手數人上。

奧賽羅	喂喂，在那邊站住！
洛竇列谷	大夫，這是那摩爾人。
孛拉朋丘	打倒他，惡賊

〔雙方拔劍出鞘。〕

伊耶戈	有您，洛竇列谷！來，先生，我對您。

---

10 名伶蒲士（Edwin Thomas Booth, 1833-1893）在他的《奧賽羅提示錄》
（*Prompt-Book of Othello*, 1878）裡說，凱昔歐口說「不懂」，但應當表演給
觀眾看他是懂得的。同樣，下面的「跟誰？」也該是假裝不知道而佯問的。
這是因為後面三幕三景七十五行處，玳思狄莫娜在跟奧賽羅的對話裡，明明
說凱昔歐曾多次陪同奧賽羅去看她，幫著他向她通慇懃云云。

奧賽羅　　　莫拔明亮的劍刃出鞘來，露水
　　　　　　將會使它們生鏽[11]，親愛的大夫，
　　　　　　您儘可用高年，不必用刀劍來命令。

孛拉朋丘　　啊，你這下流的惡賊！我女兒，
　　　　　　你將她窩藏在那裡？可惡到絕點，
　　　　　　你行使魔法於她；我將訴之於
　　　　　　所有有理性的人們，她可不是被
　　　　　　魔法的鎖鍊所困住；這麼個嬌柔、
　　　　　　娟美、天寵的姑娘，這般不愛結
　　　　　　姻親，避免了我邦多少位富有、
　　　　　　鬈髮的佳公子，竟然會，不怕叫人家
　　　　　　恥笑，離開她的保護人，投入你
　　　　　　這樣個東西的烏黑的胸懷；那是
　　　　　　在投奔恐懼，不是在追求愉快。
　　　　　　讓世人來替我下判斷，你對她橫施
　　　　　　惡毒的魔法，用衰損心智的藥毒
　　　　　　或石毒，摧殘她嬌嫩的青春歲華，
　　　　　　是否違情而悖理：我要興論爭，
　　　　　　評情理；這說來很可信，想來極明顯。
　　　　　　因此上，我逮捕、捉拿你，將你作為

11　Booth：應當奧賽羅這一夥——凱昔歐、伊耶戈與其他人等——正在拔劍的
　　時候，奧賽羅這句話就制止了他們。孛拉朋丘的隨從們應當拔著劍刃上場
　　來。奧賽羅應當對他很尊敬，被他的辱罵所激怒時只顯示出一陣暫時的怒
　　意。

　　　　　　　人間的戕賊者，一個被禁的非法

　　　　　　　邪術的潛行人。把他抓起來；若是他

　　　　　　　抵抗，制伏他，生死都在所不計。

奧賽羅　　你們都住手，在我這方面的人，

　　　　　　　還有其他的：假使我應當格鬥，

　　　　　　　我自己就會知曉，毋須有提示人。

　　　　　　　您要我到那裡去答覆你這番控告？

孛拉朋丘　進監獄裡去；等到法律和庭審

　　　　　　　程序命令你答辯。

奧賽羅　　　　　　　　　　我聽從了，將怎樣？

　　　　　　　對於我那麼做，公爵如何能滿足？

　　　　　　　他的信使們目今在這裡，我身旁，

　　　　　　　有些緊急的邦國事要帶我去相見。

軍官　　　不錯，最尊貴的大夫；公爵在會議，

　　　　　　　而且您尊駕，我相信，也已被邀請。

孛拉朋丘　什麼！公爵在會議！在夜裡，這時候！

　　　　　　　帶他去。我這不是個無所謂的爭端：

　　　　　　　公爵本人，或是我自己的不拘那一個

　　　　　　　議政的同僚，不能不感到這枉屈，

　　　　　　　如同他們自己的一個樣；因為，

　　　　　　　假令這樣的行動能自由地發生，

　　　　　　　奴隸和邪教徒都能為我們當政。　　　　　同下。

第三景

〔議事廳。〕
公爵與知政事大夫數人圍桌而坐。軍官數人侍立。

公爵　　　　這些消息裡沒有協調一致
　　　　　　能夠使它們可信。

第一知政事　不錯，它們彼此之間有矛盾；
　　　　　　我的信說有一百零七艘大划船。

公爵　　　　我的，一百四十艘。

第二知政事　　　　　　　　　　我的，兩百艘：
　　　　　　雖然它們在準確數目上不相符，——
　　　　　　在這些情形下，猜想的說法往往
　　　　　　有差異，——可是它們卻一致證實，
　　　　　　有一支土耳其艦隊，向塞浦路斯開行。

公爵　　　　不僅如此，事情很可以理解：
　　　　　　我不因情報有舛誤而疏忽大意，
　　　　　　但主要的一項我相信而且憂慮。

水手　　　　〔在內。〕喂喂！喂喂！喂喂！

軍官　　　　大划船上的報差。

　　　　　　　　　　水手上。

公爵	現在，有什麼事？
水手	土耳其艨艟正在向羅德斯行駛；
	我奉安吉羅大夫之命，來對
	邦政府報告。
公爵	對這一異動，你們怎麼說？
第一知政事	用理智
	來檢視，這件事不可能；這是齣聲東
	擊西的虛詐戲，教我們向差錯處望。
	當我們考慮到塞浦路斯對於
	土耳其的重要性，而且也須瞭解到
	它比羅德斯對他更其關緊要，
	他儘可輕易逞威把它來攻克，
	因爲它不怎麼頂盔貫甲呈森嚴，
	完全不具備羅德斯抗侵凌的能力：
	假使想到了這一層，我們就不該
	以爲土耳其竟至那麼樣無能，
	會將重輕顛倒置、後先不區分，
	疏忽一樁輕而且有利的策劃，
	去冒險挑起一場沒好處的危圖。
公爵	不對，能完全保證，他不攻羅德斯。
軍官	又有消息來了。

一使者上。

信使	土耳其部隊，尊崇、寬厚的君公[12]，
	直接駛向羅德斯，在那裡添上了
	另一支艦隊。
第一知政事	哦，我是這麼想。
	有多少，據你想？
信使	三十條；現在他們
	轉回程，分明指向塞浦路斯島。
	蒙塔諾大夫，您親信、勇武的從者，
	向您致殷切的敬意，以此相告，
	請公上相信他。
公爵	那就準是前往塞浦路斯去。
	瑪格斯·路昔高斯[13]，他不在城裡嗎？
第一知政事	他此刻在茀洛倫斯。
公爵	替我們寫信給他；十萬萬火急報。
第一知政事	孛拉朋丘跟那勇武的摩爾人到來了。

孛拉朋丘、奧賽羅、凱昔歐、伊耶戈、洛賓列谷與軍官數人
　　　上。

公爵	勇武的奧賽羅，我們馬上派遣您，
	去抵擋犯境的公眾敵寇土耳其。
	〔對孛。〕我不曾見到您；歡迎，親愛的大夫；

12　吾國古代以「君公」稱呼諸侯。

13　原文「Luccicos」，Capell認為不像義大利人的姓氏，改為「Lucchese」。Knight
　　論證得好，說公爵問起的多半是塞浦路斯島的一個希臘籍士兵，他熟悉當地
　　情形，所以公爵問起他。

	我們今晚上缺乏您商量與幫助。
孛拉朋丘	我也缺少您。親愛的君侯，請原諒；
	不是我的職位，也非因聽到有事故，
	使我從床上起身來，也不是關心著
	公眾的安寧，因爲我特殊的悲痛，
	好像打開了水閘門，它那樣勢不
	可當，吞嚥掉一切其他的悲傷後，
	依然還是那模樣。
公爵	唔，什麼事？
孛拉朋丘	我女兒！唉也！我女兒！
知政事們	死了？
孛拉朋丘	果真，
	對我是死了；她給人糟蹋，從我
	身旁盜竊走，給施了魔法，以及被
	江湖術士處買來的藥石所敗壞；
	因爲天性要迷誤到這麼樣荒唐
	（原來無欠缺，不昏盲，心智不殘廢），
	倘使不行施邪術，簡直不可能。
公爵	不論在這骯髒的行徑中，這般
	蠱惑您女兒以及打從您那裡
	騙得她出走的是什麼樣人，您定能
	把法律的血書自己去宣讀，憑您
	自己的解釋，讀出最嚴厲的判詞；
	是啊，即令是我們自己的兒子

站在您這訴訟中。

孛拉朋丘	我恭誠感謝
	您鈞座。這人在這裡，就是這摩爾人；
	看來，您鈞座有關國事的特旨
	正把他宣召來。
大家	我們覺得很可惜。
公爵	〔對奧賽羅〕您能替自己對這事怎麼說法？
孛拉朋丘	沒有得說的，就是這樣。
奧賽羅	位重權高，莊嚴可敬的公和卿，
	最尊崇、久經證明的親愛的列公們，
	若說我帶走了這位老人家的閨女，
	真一點不錯；果真，我和她結了婚：
	我冒犯的頂巔和面目祇有這程度，
	不再多。我出言粗魯，不善於運用
	和平生活裡溫馴的辭風和談吐；
	自從我這副武裝賦有了七年
	威力，到如今九個月已然消逝去，
	它總在野外，在軍篷營帳之間，
	給用來從事最重要的活動；有關這
	廣大的世界我不能談什麼，只除了
	陷陣衝鋒的戰陣功；因此上，為自己
	說話，對我的出處沒多大裨益。
	可是，倘蒙眾位寬容地許可，
	我想講一個樸實無華的故事，

訴說我戀愛的全程；我用什麼藥，
什麼法術，什麼靈咒，什麼
大力的邪魔外道（因爲我被控
有這些行動），贏得了他的女兒。

孛拉朋丘 一個閨女，從來不膽大妄爲；
心靈這麼樣貞靜端詳，她自己
內在的衝動會使她對自己臉紅；
可是，她違反了天性，不管年齡
太懸殊，無視他邦異國，不愛惜
名譽，不顧慮一切，竟然會對於
僅僅望見了也害怕的，墮入了情網！
那一準是個殘疾支離的判斷，
才能去認爲無疵的完美竟致會
迷誤到違反一切天性的常規，
定要把地獄的詭計陰謀去體驗，
以致這事變會發生。我因而再次
要斷言，用某些對血液能強制的藥劑，
或者用魔法咒成了這效驗的毒汁，
他對她遂行了奸謀。

公爵 　　　　　　　斷言這件事，
如果沒有比這些輕微的外表、
平凡表象的馬虎的旁證較真切、
較顯見的證明，並不能成爲證據。

第一知政事 可是，奧賽羅，講罷：

你可曾用過非法、強暴的行徑，

去脅迫、污損這年青姑娘的情愛；

還是以殷切的懇請，和心靈對心靈

所提供的正當的說愛談情所獲致？

奧賽羅　我懇請列位，派人到「人馬驍」館驛

去找這位賢淑來，讓她面對著

她父親談起我；你們若在她言談中

發現我卑鄙，請不光收回這信任，

我受自諸公的這職位，還要請加以

判罪，刑及我此生。

公爵　　　　　　　　　　將玳思狄莫娜宣來。

奧賽羅　掌旗官，引領他們；你熟悉那地方。

〔伊耶戈與從人數人下。〕

然後，在她到來前，好像對上天

那樣真誠地承認我血液中的過誤，

我要對你們尊敬的兩耳說實話，

我怎樣在這位佳秀的眷愛裡愉快

欣榮，她在我深情中昌隆歡悅。

公爵　談罷，奧賽羅。

奧賽羅　她父親喜愛我；不時請我去；經常

問起我一生的故事，一年年我所曾

經歷的戰鬥、圍城、一切的遭遇。

我把故事來訴敘，從孩童時日

直到他要我講述故事的時候止；

那其中我談到奇災苦難的大事變，
講起海上、陸上的動人不幸事，
談失之毫釐、死在瞬息的城堡破，
說到被威猛的強敵俘為囚與賣作奴，
說到贖身得脫，以及我遊歷史
中間的行動；有碩大無朋的洞穴，
平沙漠漠草不綠，麤豪的山石礦，
頑石磐磐，峻嶺的峰巔摩青天，
我都有機會來談及，經過就是這麼樣；
還談起彼此人吃人的生番名叫
安塞羅撲法加，以及還有幫蠻子
在肩膀下面胳肢窩裡生腦袋。
愛聽談這些，玳思狄莫娜成了癖；
不過家務事時常使她不得來；
但趕快將事情一了結，她就再會來
貪心不足地傾耳聽我繼續談。
見到這情形，有一次我剩機讓她
殷切作要求，把長行的全部經過
細細談，過去她曾聽我把片段講，
且又注意不薈集；我同意那麼辦；
隨後我屢次哄得她兩眼淚漣漣，
每當她聽說我年青的歲時遭逢
慘痛的兇打擊。我將故事說完後，
她報謝我那辛勞以深深的長嘆息：

她鄭重聲言，那確乎奇怪，非常
奇怪；那煞是可憐，可憐得驚人：
她寧願不曾聽說過，可是她但願
上蒼能將她做成這樣一個人；
她對我致謝，要我，假使我有個
愛慕她的朋友，我只須教他講述
我所講的故事，那便能得她的眷顧。
趁著這機會我說道；她愛我爲了我
所曾經歷的魔障；而我也愛她，
因爲她對我的遭遇表示了憐恤。
這是我所用的唯一的魔法：這位
娉婷已經到；讓她自己來作證。

〔玳思狄莫娜、伊耶戈與隨從數人上。〕

公爵　　　我想這故事也會贏得我女兒。
親愛的孛拉朋丘，
以儘好的心情，接受這弄糟的事罷；
人們寧可用殘破的武器，也不願
赤手空拳。

孛拉朋丘　　　　　　我請您，聽她說話：
如果她自承跟他同樣是求愛者，
我若是還把惡責加在他身上，
讓毀滅降臨我的頭！走到這裡來，
親愛的小姐：在這好些位尊貴中，
你見到沒有，你最該恭順的在那裡？

玳思狄莫娜　尊貴的父親，在這裡，我見到一個
分裂的本份；對您，我感恩賦與我
生命與教養；我這份生命與教養
教導我如何對您該崇敬；你是我
本份的主公，我過去是您的女兒：
但這裡是我的丈夫；正如我母親
對您顯示了那麼多本份，愛了您
只得離捨她父親，同樣，我聲言
我該對這摩爾人我的夫君盡本份。

孛拉朋丘　上帝保佑你！我的事已經完畢。
請君侯鈞座，繼續進行邦政事：
我但願螟蛉了孩子，不曾親生。
這裡來，摩爾人：
我在此全心全意地將她給了你，
若不是你已然得到她，我是會全心
全意不將她給你。爲你的緣故，
寶貝，我衷心高興我另外沒孩兒：
因爲你這下子逃跑會使我暴虐，
在他們身上加桎梏。我完了，公爺。

公爵　讓我仿照您自己的口吻說話，——
講一句箴言，那好比是一個級步，
也許會幫助這雙有情人得到
您愛寵。
當過去寄希望的挽救顯得沒用時，

最壞的已見到，悲傷也就完了事。
為一椿過去的不幸傷心而痛苦，
等於去走一條新關的不幸之路。
當命運把不能保全的東西奪走，
忍耐能使那損害變得不用愁。
遭劫者微笑時，從盜竊那裡偷回了些；
無益地悲傷是在跟自己過不去。

孛拉朋丘　那麼，讓土耳其搶掉我們的塞浦路；
反正失掉了不久，我們會笑呵呵。
任何人若能毫不關心地把空論
當安慰，他便能好好接受這金箴；
可是那人兒，向可憐的忍耐借了債
付悲哀，他就得生受這箴言和傷懷。
這些箴言算得甜來也算得苦，
兩面都很講得通，真意卻含糊：
但說話只能算說話；我從未聽見過
醫療受了傷的心能透過耳朵。
我恭誠懇請鈞座，進行邦務討論罷。

公爵　土耳其派一支很大的部隊開向塞浦路斯。奧賽羅，
那地方的防禦力量您最清楚；雖然我們在那裡有位
公認為本領十分高強的督撫，可是公論（它最能產
生實效）認為由您去守衛更加安全：因此，您只得
讓您那最近所交的好運的光彩，給這一椿遠較粗野
強烈的行軍事務弄暗淡了些罷。

奧賽羅	習慣這暴君，最尊敬的知政事大夫們，
	已經把戰爭的床褥，硬如燧石
	冷如鋼，變成精治過三次的鴨絨床：
	我承認艱難跟我的本性相契合，
	我對它心甘情願，切望而不辭，
	而且決意負責對土耳其用刀兵。
	故而我非常謙謹地對諸公致敬，
	請求爲我的妻子作適當的安排，
	相應地指派給予地位和津貼，
	授與她跟她教養相符的日常
	舒適與相當的隨侍。
公爵	若是您高興，
	就在她父親家中。
孛拉朋丘	我覺得不便。
奧賽羅	我也這麼想。
玳思狄莫娜	我也這麼想；我不願
	在那裡居住，罣礙父親的視聽，
	引得他心煩意躁。最尊崇的公爵，
	對我的啓奏請光賜清聽；容任我
	在您的話言中獲得當官的准許，
	以有助於我的粗疏不文。
公爵	你要什麼，玳思狄莫娜？
玳思狄莫娜	我心愛這摩爾人，願跟他一同生活，
	以及我冒死不懼怕命運的橫逆

和風暴，都能向世間公開宣告；
我的心對我夫君的情性與爲人，
可說是從順得切合無間；我從
奧賽羅的心靈思想間看到他的儀容，
我將我的靈魂與命運，對他的光榮
與勇武奉獻。所以，親愛的公卿們，
假使我被留在後方，像和平時日裡
一翼飛蛾[14]，而他去前方作戰，
我同他義結姻親的禮儀將會被
剝奪，而因他、人不在，我還得生受
那難堪的歲月。讓我和他一同去。

奧賽羅　　讓她得到諸位的准許。請上天
替我作證，我作此請求，不是要
滿足我色慾的嗜好，也非爲應順
情餧的要求，——那少年熾烈的濃情，
在我胸中已熄滅，——和敦篤琴瑟
之調，而是要同她的心聲相應和；
請上天莫讓你們良善的靈魂
猜測我將會忽略那千鈞的重負，
因爲她同我在一起。那不會；假使
飛翔的小愛神用好色的遊惰使我

---

14 飛蛾表示徒然而無力的飛撲，不見光天化日，只在室內燈火旁咫尺間有所活
　　動，瑣細可憐得不足道。

絕智而閉聰，不能爲公邦效命，
那麼，讓家庭主婦們把我的頭盔
作水鍋，讓所有可恥、鄙陋的災禍
對我的聲名一齊發動總攻擊！

公爵　　她留下還是前去，都由您私下
　　　　去決定。事態催促得緊迫，迅捷
　　　　應當去應急。

知政事們　您今夜一定得出發。

奧賽羅　　　　　　　　　我非常願意。

公爵　　明朝九點鐘我們再在此會集。
　　　　奧賽羅，留下個把軍官在後面，
　　　　他將把我們的委任狀帶交給您；
　　　　還有有關品位和尊榮的別的事。

奧賽羅　　假如您鈞座高興，我將掌旗官
　　　　留下；他是個誠實可靠的得力人：
　　　　我將我妻小委派給他去護送，
　　　　敬愛的君侯盡可付托他您認爲
　　　　有需要交與我的別的恁事物。

公爵　　　　　　　　　　　這樣
　　　　就是了。大家晚安。〔對孛拉朋丘〕高貴的大夫，
　　　　假使美德包含得什麼都完備，
　　　　因而也就不缺少可喜的美貌，
　　　　您這位有德的賢婿便一點也不黑，
　　　　而是異常白淨。

知政事等	勇敢的摩爾人， 再會！好好待遇玳思狄莫娜。
孛拉朋丘	注意她，摩爾人，如果你有眼睛瞧： 她騙了她父親，也能將你來騙到。 　　〔與公爵、知政事數人、軍官及其他人等同〕 　　下。
奧賽羅	我用生命來爲她的真心作保證！ 我一定將我的玳思狄莫娜托給你， 誠實的伊耶戈：請讓你的妻子陪隨她； 趁最好的時機，護送她們跟著來。 來罷，玳思狄莫娜；我祇得一小時 跟你一同過，說愛談情，交代 日常事，關照如何行動：我們得 服從時間的限制。　　　　　〔二人同〕下。
洛寶列谷	伊耶戈！
伊耶戈	你說什麼，高貴的知心？
洛寶列谷	你想，我該怎麼辦？
伊耶戈	哎也，上床去睡覺。
洛寶列谷	我該去跳水自殺。
伊耶戈	哦，你若是去那麼幹，我從此將永不跟你好。唉， 你這傻瓜的士子。
洛寶列谷	活著如果只能受苦，再活下去就成了發傻；當死亡 做了我們的郎中的時候，他開的藥方就是去死。
伊耶戈	啊！壞透了；我睜眼看到這世界有四倍七個年頭

了,而自從我分得清什麼是優惠、什麼是損害以來,我從來沒有見到過有人懂得怎樣去愛惜他自己。「為了愛一隻野雞,我要去跳水自殺」,我肯說這樣一句話以前,我寧願跟一隻狒狒[15] 易地而處,讓牠來做人而我去當狒狒。

洛竇列谷　我應當怎麼辦?我承認這樣癡心很丟臉;但是我的德性沒有本領去改好這個。

伊耶戈　德性!值幾個錢!我們是生就的這麼樣,或那麼樣。我們的身體是所花園,我們的意志是個園丁;所以,若是我們要種蕁麻或是播萵苣,栽香薄荷和耘除百里香,播種一種草或分植好多種,讓它荒蕪閒置著還是精耕細作,哎也,那力量和究竟怎樣做的權力是在我們的意志裡邊。假如我們生命的天平沒有一隻理智的秤盤去均衡情慾的另一隻,我們天性裡的氣質和卑鄙也許會引導我們到最乖張怪誕的試驗上去;但是我們有理智去鎮定我們熱情的衝動、我們肉慾的激發、我們放浪不羈的淫蕩,而據我看來,你們便把愛情叫做是情慾那玩意兒的另外一種或一枝分蘖。

洛竇列谷　不能是那樣。

伊耶戈　這只是性情脾氣裡的淫慾、意志的放縱罷了。來吧,

15　狒狒屬猿類,面貌在狗和人之間,體長三尺餘,四肢長略相等,疾走如飛,趾能握物,長毛作灰褐色,性兇暴,食人。又名費費、吐嘍,亦有梟羊、梟楊、山精等名。

做個男子漢。跳水自殺！把貓兒和沒有睜眼的小狗
去淹死。我已經聲言過是你的朋友了，我現在承認
我把自己用最結實不過的纜索跟你的真價值拴束在
一起；我從來也不會比現在這樣更能幫你的忙了。
口袋裡放著錢；跟蹤著這場戰爭；用一蓬假鬚髯醜
化著你的面貌；我說，口袋裡放著錢。玳思狄莫娜
不可能長久繼續愛著那摩爾人，──把錢裝在口袋
裡，──他也不可能老愛她。在她身上先來了個猛
烈的開始，你將見到一個同樣兇暴的破裂；把錢裝
在你口袋裡。這些摩爾人的意志好惡無常；──把
錢裝滿你的口袋：──這食物現在對於他香甜甘美
像仙桃[16]，不久會對於他奇苦難堪像黃連[17]。她一
定得改換年輕的：當她受用夠了他的肉體的時候，
她將會發現她挑錯了人。她準會有變化,她準會有：
所以，口袋裡放著錢。假使你非叫你自己打入地獄
不可,去用一個比淹死較為愉快的方法。錢弄得越

---

16 原文「Locusts」，Beisly與Ellacombe都認為是「Carob tree」的果實。這種野
　生樹在南歐的義大利、西班牙、希臘諸邦，北非的埃及、摩洛哥等國，以及
　近東巴勒斯坦一帶都很盛產，莢殼味極甜，多到用來餵豬和別的牲口，人也
　能吃。大一點的英漢辭書釋為「稻子豆」，不知福建、廣東有此樹否，這名
　稱是否為日本譯名。又原文「Coloquintida」，亦為地中海和北非一帶的一種
　植物，它的果實奇苦，用作猛瀉劑。英漢辭書上說是屬於葫蘆科的一種植物，
　譯音名之為「古魯聖篤草」。這裡若直譯為「稻子豆」與「古魯聖篤草」，
　對於讀者或聽者，將是既不甜、也不苦的兩隻悶葫蘆，毫無意義。不得已，
　只好揀兩種家喻戶曉老少咸知的植物的果實和根株來代替。

17 同註16。

多越好。假使一個浪蕩的蠻子[18] 跟一個刁鑽古怪的
威尼斯人之間的假裝的神聖和脆弱的信誓敵不過我
的靈敏機巧和地獄裡的族眾們，你準定會受用到
她；所以，得弄錢。滾他媽的跳水自殺！那樣幹會
整個兒出岔子：奉勸你還是爲享受到了那歡樂而給
絞死，可莫要淹死了而弄她不到手。

洛竇列谷　你將趕快滿足我的希望嗎，假使我信賴那結果？

伊耶戈　你可以拿穩我：去，去弄錢。我屢次告訴過你，而
且現在又一再對你說，我仇恨這摩爾人：我的行動
準則銘鑄在我心裡：你的也並不缺少一點兒理由。
讓我們聯合起來對他報讎；假使你能使他戴綠頭
巾，你對你自己做了件快樂事，對我做了件開心事。
時間肚子裡會生出許多事情來。開步走；去罷；預
備好你的錢。明天我們再談這事兒。再會。

洛竇列谷　我們明天早上將在那裡碰頭？

伊耶戈　在我的寓處。

洛竇列谷　我將及早來看你。

伊耶戈　得了罷；再會。你聽到沒有，洛竇列谷？

洛竇列谷　你說什麼？

伊耶戈　不許再說跳水了，你聽到嗎？

洛竇列谷　我改變主意了。我要去賣掉我全部的地皮。

下。

_____

18　見註7。

伊耶戈　　　這樣，我總叫傻瓜當我的錢袋；
　　　　　　因爲假使跟這樣的蠢貨鬼混，
　　　　　　簡直是侮辱我財源滾滾的機巧，
　　　　　　除非爲好玩和實利。我恨那摩爾人，
　　　　　　而且外邊都以爲他在床褥間
　　　　　　替我行使著職權；我不知真不真，
　　　　　　可是僅僅爲那樣的懷疑，我就得
　　　　　　採取行動，彷彿確有那件事。
　　　　　　他對我很器種；我更好對他達到
　　　　　　我目的。凱昔歐是個適當的人兒；
　　　　　　且等我來想想看；拿到他的位置；
　　　　　　並要用雙料的毒辣手段，顯見我
　　　　　　意志的光榮偉大；怎麼樣，怎麼樣？
　　　　　　咱來捉摸一下看；過了些時候，
　　　　　　讒妄奧賽羅的耳朵，說他跟他老婆
　　　　　　太親暱；他一表人物和模樣溫存
　　　　　　容易起疑竇；生就了叫女人失身。
　　　　　　這傢伙，這天性開誠豁達的摩爾人，
　　　　　　看來好像是老實人他以爲真誠實，
　　　　　　跟驢子一般能給穿了鼻子
　　　　　　輕輕地牽著走。
　　　　　　有了；想出苗頭了；地獄與黑夜
　　　　　　準把這駭怪的新生帶到天光下。　　　　〔下。〕

第二幕

第 二 幕

第一景

〔塞浦路斯島—海港城市。近碼頭處一空場。〕
蒙塔諾與士子二人上。

蒙塔諾　　從地角上頭你們能望見海上
　　　　　什麼東西？

士子甲　　　　　　什麼也沒有：白浪
　　　　　滔天；在天和海洋之間，我不能
　　　　　瞥見一片帆篷。

蒙塔諾　　我覺得風在岸上呼嘯得好兇；
　　　　　從來沒有更厲害的狂飆震撼過
　　　　　我們的雉堞；若是在海上也這般
　　　　　狂暴，什麼橡木的船肋能支撐著
　　　　　不脫榫頭，當高山一座座打下來？
　　　　　這狂風將帶給我們什麼消息？

士子乙　　　土耳其艦隊將給颶得東分西散；
　　　　　　因為只要站在噴泡沫的岸旁，
　　　　　　被怒叱的[1] 波濤便像在投擲雲天；
　　　　　　那巨浪，被狂風所震，簇擁著高聳、
　　　　　　銀白的浪花一大片，像在對熊熊
　　　　　　燃燒著的大熊星潑水，彷彿要澆熄
　　　　　　那永定不移的北極星的兩名守衛：
　　　　　　我從來不曾在激怒的大海上見過
　　　　　　同樣的騷擾。

蒙塔諾　　　　　　　　若是土耳其艦隊
　　　　　　沒有入港避風，他們是淹死了；
　　　　　　他們不可能頂得過這陣大風。

　　　　　　　　　　士子丙上。

士子丙　　　有消息，夥伴們！我們的戰事結束了。
　　　　　　這陣險惡的風暴揍得土耳其
　　　　　　那麼兇，他們的企圖就此作罷；
　　　　　　一艘威尼斯開來的大船，見到
　　　　　　他們艦隊的大部分經受了一場
　　　　　　慘痛的船破人亡、奇災大禍。

蒙塔諾　　　怎麼！真的嗎？

1　從Knight與Furness的詮解。對開本（1623）原文「chidden」要比四開本（1622）的「chiding」有力得多，相差不可以道里計；譯為「被怒叱」，我信意合而音近。Dyce與Schmidt訓為「作大聲」與「訇鬧」，Furness舉了好些例子評證為不切。

士子丙	這船已經進了港，
	一條梵洛那快船；瑪格爾‧凱昔歐，
	那勇武的摩爾統帥奧賽羅的副將，
	已經上了岸；摩爾人自己在海上，
	他受命全權執管塞浦路斯島。
蒙塔諾	我很高興；這是個出色的總督。
士子丙	而就是這個凱昔歐，雖然他說起
	土軍破滅時心神鼓舞，可是他
	祝禱那摩爾人無恙，卻神情悲苦；
	因爲他們是被那幽黯的風狂
	雨暴所強拆開。
蒙塔諾	禱求上天他安全；
	我曾在他手下服過役，這人指揮
	真像個十全的軍人。讓我們到海邊去，
	喂！去看已經進來的那條船，
	也爲了替我們勇武的奧賽羅望遠，
	望到水天一碧分不清處去。
士子丙	來罷，讓我們前去；因爲每分鐘
	是新來慢到的希望。

凱昔歐上。

凱昔歐	多謝，你們這勇武的島上的勇士們，
	這麼樣高興這摩爾人。啊，讓上天
	保護他莫受風雨的危難，因爲
	我在危險的海面上跟他失散。

蒙塔諾	他乘的可是條好船？
凱昔歐	那條船打造得堅固，當舵的艄公，
	都認爲、且證明確實本領高強；
	所以我對他的希望，不能說是
	悵惘得憂煩欲絕，而確信很有救。
	〔幕後叫聲〕「一張帆！——一張帆！——一張帆！」
	士子丁上。
凱昔歐	什麼訇鬧聲！
士子丁	城裡走空了；在海濱岸上站得
	一排排儘是人，他們叫著，「一張帆！」
凱昔歐	我對他的希望把來人幻形爲總督。
	〔鳴礮聲可聞。〕
士子丁	他們在鳴礮歡迎；我們的朋友，
	至少。
凱昔歐	我請您，閣下，去探聽實訊，
	到來的是誰。
士子丁	我去。　　　　　下。
蒙塔諾	可是，親愛的副將軍，你們的將軍
	有寶眷沒有？
凱昔歐	非常幸運：他娶到一位貴千金，
	超過了言語的形容和恣肆的稱頌；
	她勝過宣揚的文筆的妙思奇想，
	在未加修飾的天然素質上有分叫

創製者感到疲勞[2]。

　　　　　士子丁上。

　　　　　　怎麼樣？是誰

進了港？

士子丁　　　　　　有個伊耶戈，將軍的掌旗官。

凱昔歐　他一路有莫大的福星臨照：暴風雨
　　　　本身、狂濤駭浪、呼嘯的罡風、
　　　　嶙峋的礁石、砂積成的灘，——沉埋在
　　　　海底，險惡地阻撓著無辜的船舶，——
　　　　似乎也感到什麼是明艷，放棄了
　　　　它們毀滅成性的行動，給安全
　　　　通過了這天仙下凡的玳思狄莫娜。

蒙塔諾　她是誰？

凱昔歐　　　　　我這纔說起的這一位，我們
　　　　大將軍的將軍，由勇敢的伊耶戈護送來，
　　　　她登岸比我們所意料提早了七天。

2　原文這一行半，特別是最後半行，瞭解上發生困難。最後三字初版四開本作
　「beare all excellency」嫌平庸乏味，不足取。初版對開本作「tire the Ingeniver」：
　「tire」解作「使疲勞」，見於譯文中，但好幾位莎氏學者解作「attire」（穿衣
　服），與上行的「vesture」（衣服，譯文從隱喻為「qualities」的意義上著眼活
　譯為「素質」）聯繫了起來，有一位則解作幘頭、幘巾、頭巾、寇冕；「Ingeniver」
　問題多，Knight校改為「ingener」，許多專家以及一些現代通行版本都從他，
　意思大致差不多，可解作文學藝術方面的創製者，即詩人或（與）畫家，雖然
　這字早先也曾用來指製作火礮或攻城機的技師。Furness與別的一些註家都認
　為，這兩行是莎氏劇作中可能永遠引起懷疑與爭論的一些片段之一。

偉大的喬昕，請你護衛著奧賽羅，

以你那呼氣的雄風吹漲著他的篷，

好讓他把他那巨舟來祝福這港口，

到玳思狄莫娜臂腕中作情深的心跳，

賦新生的火焰與我們熄滅了的精魂，

帶給整個塞浦路斯島以勇武！

　　玳思狄莫娜、伊耶戈、洛賽列谷與愛米麗亞〔及侍
　　　　從數人〕上。

啊！看吧，船上的隨和登上了岸　。

塞島居民們，請你們給她以敬意。

歡迎你，賢淑的嬋娟！上蒼降福澤

在你的前邊、後邊和四面八方，

圍繞你周遭！

玳思狄莫娜　　　　　　　多謝您，勇武的凱昔歐。

您能告訴我我郎君有什麼消息？

凱昔歐　　他還沒有到；我也不知道什麼，

只除了他平安無恙，不久就會來。

玳思狄莫娜　啊！我害怕——你們怎麼失了儔？

凱昔歐　　大海和高天的大混戰將我們分散。

可是聽啊！一張帆。

　　　　〔幕後叫聲。〕「一張帆———一張帆！」

　　　　　　　　　　〔鳴礮聲可聞。〕

士子丁　他們在對城防的堡壘致敬禮：

這也是一個朋友。

凱昔歐	去探聽消息。　　〔士子丁下。〕
	親愛的掌旗官，歡迎。〔對愛米麗亞〕歡迎，大嫂：
	我來顯示我禮數的周全，伊耶戈，
	盼不致擾亂你的寧靜；這是我的禮貌，
	它使我大膽表示這樣的敬意。　　〔吻伊。〕
伊耶戈	閣下，假使將她的嘴唇給您得
	那麼多，如同她時常將舌頭給與我，
	您便是有得夠多了。
玳思狄莫娜	唉！她不做聲。
伊耶戈	說實話，太多了；
	我想要睡著的時候，它還在那裡：
	憑聖母，當著您夫人，我承認，的確，
	她也將舌頭放一點在她的心裡，
	想心思的時候就罵人。
愛米麗亞	你沒有緣故這樣說我。
伊耶戈	得了，得了；你們出門去就搽脂
	抹粉，人在客廳裡是清脆的鈴鐺[3]，
	進了廚房像野貓，跟人過不去
	像聖徒一般嚴厲，得罪了你們
	兇得像魔鬼，管家務都是懶婆娘，

3　原文只是「Bells」（鈴鐺），無形容詞。譯文從Schmidt的說法。也有解作「聒耳的鈴鐺」的。Steevens引1589年出版的R. Puttenham的《英國詩歌的藝術》(*Arte of English Poesie*) 道：「我們歸結一個女人的適當的本領為四點，那就是在廚房裡是個潑婦，在禮拜堂裡是個聖徒，在飯廳裡是個天使，在床上是隻猴子。」

上了床什麼都幹。

愛米麗亞　　　　　　　　　呸！胡說，誹謗者[4]。

伊耶戈　不誹謗，是真話，否則我是個邪教徒；
　　　　你們起來就玩兒，上床去工作。

愛米麗亞　你不會講我的好話。

伊耶戈　　　　　　　　不會，莫讓我。

玳思狄莫娜　你若要跟我講好話，將怎樣申言？

伊耶戈　啊，溫藹的夫人，休叫我爲難，
　　　　因爲我若不擅長批評，就一無
　　　　所能。

玳思狄莫娜　　　來罷；試一下。有人去海口了？

伊耶戈　是的，夫人[5]。

玳思狄莫娜　我並非在嬉笑作樂，而是要故意
　　　　顯得相反，來排遺我心中的情感。
　　　　來罷，你將怎樣跟我講好話？

伊耶戈　我來講罷；但我的想像，說實話，
　　　　從我腦袋裡出來，好比是雀膠
　　　　離粗布；它帶著腦漿一起拉出來：

4　初版對開本上這一行係玳思狄莫娜所說；初版四開本上沒有它。Jennens：也許這句話應爲愛米麗亞所說；伊耶戈底下一句話似乎需要這樣。Collier：在特馮郡公爵（Duke of Devonshire）所有的一本初版四開本本劇上有一當時的手寫筆跡，把這句話歸於愛米麗亞。

5　Booth：凱昔歐應當作這個回答。他在等待著他們的到來。伊耶戈則剛同玳思狄莫娜登岸。

我的詩思在陣痛，她這樣分娩了。

假使她聰明而美麗，智慧同美貌，

一個是使喚的，那一個被差遣呼叫。

玳思狄莫娜　讚得好！假使她黑皮膚而聰明，又怎樣？

伊耶戈　　　假使她膚色黝黎，又聰明智慧，

會有個白面郎，跟她的黝黎相配。

玳思狄莫娜　越說越不像樣。

愛米麗亞　　假使潔白而又愚蠢，又怎樣？

伊耶戈　　　從來沒有個漂亮的女人是傻瓜，

因為她即使很傻也會生娃娃。

玳思狄莫娜　這些是說來叫傻子們在酒店裡發笑的老一套的笑

料。對於那又醜又傻的女人，你可有什麼鄙陋的稱

讚？

伊耶戈　　　女人如果是又傻又長得醜陋，

倒不像那漂亮、聰明的，施詭計陰謀。

玳思狄莫娜　啊，遲鈍的無知！你把最壞的稱讚得最好。但是你

能怎麼樣稱讚一個真正是可貴的女人呢，她憑她那

優點的尊嚴，確是在向十足的惡意挑戰[6]，看它可有

什麼不利於她的證詞講得出來？

伊耶戈　　　她永遠美麗，可是從來不驕傲，

6　原文為「向十足的惡意的證詞挑戰？」，後面「看它可有什麼……講得出來」
　　是譯者為行文明瞭易解起見而增益的。意思是：一個真正十全十美的女人向對
　　她包藏著無限惡意的人挑戰，他可有什麼不利於她的壞話講得出來，作為證
　　詞？

　　　　　能談吐自如，但決不論闊談高，

　　　　　從不少金銀，但絕不誇耀插戴，

　　　　　不任性所欲，但隨時能自由進退：

　　　　　她受到激怒，雖然報復很方便，

　　　　　但她讓曲枉留下，使懊惱飛遷；

　　　　　她那聰明智慧決不會那麼差，

　　　　　願意將鱈魚頭去換鮭魚尾巴[7]；

　　　　　她能動腦筋，卻決不隨便開腔，

　　　　　見求婚者跟著，可不向背後張望；

　　　　　她是個娘們，如果有這樣的女娘，

玳思狄莫娜　去做什麼

伊耶戈　　　去餵傻子吃奶和記錄家務帳。

玳思狄莫娜　啊，最蹩腳、沒勁頭的結尾！不要去跟他學樣，愛米麗亞，雖然他是你的丈夫。凱昔歐，您怎麼說？他不是個出言粗鄙、口齒齷齪的瞎說八道的人嗎？

凱昔歐　　　他說得無拘束、沒禮貌，夫人；您喜歡他這說法，作為一個文人學士還不如作為一個軍人的話來得合適。

伊耶戈　　　〔旁白〕他握著她的手掌；不錯，說得好，咬耳朵說話；用這樣一口小網，我要逗凱昔歐這樣一隻大蒼蠅進圈套。是的，對她笑，笑罷；我將叫你掉進

7　White：就是說，放棄一件平凡東西的最好的部分，而換得一件漂亮東西的最壞的部分。Purnell：他那說的被鄙薄的鮭魚尾巴是指奧賽羅，她挑上了他而看不中威尼斯的被寵愛的鬈鬚的富家子弟。

你自己那風流瀟灑的圈套。您講得對，是這樣，的
確[8]。假使這樣的小手藝兒會叫您喪失掉副將軍，您
最好還是不曾把您那三隻指頭吻得這樣勤的好，可
是現在您又在鼓足勁兒把它們來對她慇懃致敬。好
得很；吻得好！絕妙的彎腿！是這樣，果真。又把
手指放上嘴唇了？爲您的緣故，但願它們是打針管
子！〔號角聲可聞。〕那摩爾人！我聽得出他的號
角聲。

凱昔歐　　　真是這樣。

玳思狄莫娜　讓我們碰見他，歡迎他。

凱昔歐　　　看啊！他在那裡來了。

　　　　　　　　　　奧賽羅與從人數人上。

奧賽羅　　　啊，我嬌好的戰士！

玳思狄莫娜　　　　　　　我親愛的奧賽羅！

奧賽羅　　　這使我無比驚奇，見你們在此
　　　　　　好不快樂。啊，我發自靈魂
　　　　　　深處的歡快！假使每一次風暴後
　　　　　　會有這樣陣平靜，讓狂風暴雨
　　　　　　儘管去吹打，即令喚醒了死亡
　　　　　　也在所不惜！讓辛勞的船隻去爬
　　　　　　奧靈伯那樣巍峨的海浪的山頭，
　　　　　　又突然從天而降，降落得低到

8　Delius：這是在〔自言自語〕回答凱昔歐前面的話。

地府陰曹！若是如今便死去，
現在就會成極樂，因為我害怕
我這顆靈魂的歡快已造極登峰，
未知的命運裡不會有相似的另一陣
歡愉後繼。

珓思狄莫娜　　　　　上蒼莫叫有枝節，
我們的兩情繾綣和幸福無疆
將與日而俱增！

奧賽羅　　　　　　心願如此，親愛的天使們！
我說也說不盡這歡樂；它使我無言；
這是太過的歡樂；而這個，這個，　〔吻伊。〕
是我們兩心間將有的最大的違和！

伊耶戈　　〔旁白〕啊！你們此刻和合得諧融一致，
但我要把宣發這樂調的弦柱抽鬆，
正如我言語出口，誠實無欺。

奧賽羅　　去來，讓我們去到堡壘裡。朋友們，
消息好；我們的戰事已結束，土耳其人
已淹死。島上我們的老鄉們怎麼樣？
親愛的，你會在塞島被人人所愛；
他們對我都非常心愛。啊也，
我的親人，我胡扯亂說，有失
禮貌，而講我的歡樂，也出言愚妄。
我請你，親愛的伊耶戈，去到埠頭上
將我的箱篋起上岸。你將船主公

領往城防堡壘去；他是個好人，
他那高貴的人品應好好受尊敬。
來罷，玳思狄莫娜，再一次容我說，
我在塞浦路斯見到你多高興。

　　　奧賽羅與玳思狄莫娜〔，及侍從等〕下。

伊耶戈　　你準定馬上去到海口那裡跟我碰頭。這裡來。假使你有勇氣——他們說庸夫俗子發生了戀愛，性情裡便會有一股原來所沒有的高貴之氣，——就聽我說。副將軍今晚上在主防廳守衛：首先，我得告訴你這個玳思狄莫娜分明在跟他戀愛。

洛竇列谷　　跟他！那裡話來，這不可能。

伊耶戈　　讓你的手指這麼掩著你的嘴，讓你的心靈兒來受教。你跟我注意，她初初愛這摩爾人時愛得多麼猛烈，只爲了他跟她吹牛，講些荒誕不經的謊話；而她會不會永遠愛著他呢，爲了他對她空口說白話？莫讓你那明智的心這樣想。她的眼睛一定得有所滿足；而她睃著魔鬼可有什麼愉快？當肉慾玩弄得感到遲鈍時，爲重新點燃起它的火焰，爲使得膩煩有一股新鮮的淫興起見，必須要有相貌方面的可喜可愛，年齡、行動和神情優美，在兩人之間彼此相諧和協調；這一切這摩爾人是欠缺不夠的。如今，因爲沒有這些必須的舒適、安樂的東西，她會發現她自己的嬌柔婀娜是給糟蹋了，會開始感覺到要作嘔，會嫌棄和厭惡這摩爾人；她的天性本身就會提

醒她，迫使她挑選第二個漢子。現在，先生，這一層認為不錯之後，——因為這是最顯而易見，最自然不過的說法，誰站在這幸運的如此高的梯級上面呢，只除了凱昔歐？一個十分反覆無常的[9] 壞蛋，除了裝作彬彬有禮跟和藹可親之外，一無正氣可言，為的是能更巧妙地把他那淫亂的、最秘密的色慾弄到手？哎，沒第二個人；哎，沒第二個人：一個狡猾的、欺詐的壞蛋，一個投機分子，即使真的機遇從沒有到來，他卻會推行和偽造有利的時機；一個無惡不作的壞蛋！此外，這壞蛋長得俊俏、後生，在他身上有那愚蠢幼稚的傻東西們所尋求的一切所需；一個十惡不赦的惡賊！而這女人已經發現了他的好處[10]。

洛竇列谷　我不能相信她會這樣；她滿都是聖潔的品性。

伊耶戈　聖潔的狗屁！她喝的酒是用葡萄做的；假使她是聖潔的話，她決不會愛上這摩爾人；聖潔的布丁！你不看見她揉弄他的手掌心嗎？你沒有看到嗎？

洛竇列谷　不錯，見到的；但那不過表示敬意罷了。

伊耶戈　表示淫意，我用這隻手賭咒！為淫亂和壞念頭的史劇演一折楔子，一場曖昧不明的序幕。他們兩副嘴唇挨得那麼近，兩個人的呼吸可說是彼此摟抱起來

9　原文「Voluble」，Staunton訓為「不是應對如流，如這個字現在所含義的那樣，而是解作『多變』、『反覆無常的』」。Schmidt則解作「應對如流」。

10　這種種都是他「提高到原則上的理論」！

了。下流的念頭，洛竇列谷！當這些親暱的行動這般開道領路以後，緊接著是那主要的行動，由淫慾來收場。呸！但是，先生，聽從我的話：我從威尼斯將你帶了來。你今晚上守夜！那命令，我會叫它落在你身上：凱昔歐不認識你。我離開你不會很遠：你找個機會激怒凱昔歐，或是說話說得太響，或是蔑視他的紀律；再不然採取你高興用的其他方法，瞧當時更有利地提供給你而定。

洛竇列谷　好的。

伊耶戈　　先生，他給激怒之後性情火烈，非常橫暴，也許會打你：惹起他來，要他發作；因為那樣一來，我將轟動塞浦路斯守軍兵變，然後，要把事態安撫下來，不使有什麼不滿，便非將凱昔歐革職不可。這樣，你準會經過一個較近便的過程滿足你的慾望，由我來設法促成你達到目的；而那個障礙便得以極為有利地去除掉，不那麼做我們的成功是沒有指望的。

洛竇列谷　我一定依你說的去做，如果我能找到什麼機會。

伊耶戈　　我保證你。躭一會跟我在城防堡壘裡碰頭：我需得把他的行李搬上岸。回頭見。

洛竇列谷　再會。　　　　　　　　　　　　　　　下。

伊耶戈　　凱昔歐愛上了她，我很相信；
　　　　　她愛上了他，自然而非常可信：
　　　　　這摩爾人，雖然我對他深惡痛疾，
　　　　　卻有著忠誠、和藹、高尚的性情；

我敢信他對玳思狄莫娜將是個
最親愛的丈夫。卻說，我也愛好她；
不是完全為淫慾，——雖然我也許
犯上了同樣重大的一樁罪辜，——
但部分是要滿足我的報讎雪恨心，
因為我懷疑這精力充沛的摩爾人
騎上了我的馬鞍；這一個想法
好比是毒藥，咬我的心肝臟腑；
而沒有東西能夠、或將會滿足
我靈魂，直等到我同他交一個平手，
妻子對妻子；或者，若是不成功，
我至少要叫這摩爾人妒忌得那麼兇，
使冷靜的判斷也無法醫治那創傷。
為了這件事，倘若我從威尼斯
帶來的這濫賤的廢料聽受我指揮，——
我經常盯住他[11]，催他迎上前去獵取，——
我們這位瑪格爾‧凱昔歐的髖骨
我會要狠狠地把它壓住；我要在
摩爾人面前用最好的辦法[12]詆毀他，——

11　初版對開本原文為「trace」，四開本作「crush」，這差異引起了好些校改和詮
　　釋。譯文從對開本，據Halliwell與Furness的註解。這一行伊耶戈把他對凱昔歐
　　的陰謀暗害比喻作打獵，下面兩行又把它比喻作角觝。「狠狠地」為譯者所增，
　　譯文行文勢頭似有需要。

12　據對開本原文「right grab」，從Furness解。四開本作「rank grab」，許多近代

因為我恐怕凱昔歐也戴過我的睡帽，——
叫這摩爾人感謝我、心愛我、酬報我，
為了我惡極無賴地使他變成了
一隻蠢驢兒，且又施展出計謀
破壞他的安心和寧靜，逼得他瘋狂。
這件事到現在為止還迷糊不清：
奸惡未實踐，真面目決不會分明。　　　下。

印本都從它；Steevens解作「行為下流」，Malone訓為「行為淫亂」。

第二景

〔一街道。〕

奧賽羅之傳令官上，手執佈告。〔民眾隨後。〕

傳令官　　我們高貴勇武的將軍奧賽羅，得到了某些剛到的、關於土耳其艦隊覆滅的消息，高興居民們每一個人都興高采烈去慶賀這際會，有的去跳舞，有的燃祝火，各人隨自己意思去娛樂和慶喜；因為除了這些有利的新聞之外，這也是他新婚的祝典。將軍喜歡這麼樣，應當公告。堡壘裡所有的廚房、酒窖、伙食間、總管房等[13] 都將開放，從此刻五點鐘到鐘鳴十一下，有充份歡快的許可。上天賜福於塞浦路斯島和我們高貴的將軍奧賽羅！　　　　俱下。

---

13 原文「offices」，Halliwell訓為顯貴府邸裡撥歸上等僕從們使用的房間。Schmidt解作供侍奉大家巨室、作特殊任務的總管房。Onions釋為大宅院裡專作家務用途的部分，特別是庖廚。L. Mason（耶魯本《奧賽羅》，1925）則註作堡壘裡的貯藏室、廚房。

第三景

〔堡壘內一廳事。〕[14]

奧塞羅、玳思狄莫娜、凱昔歐與隨從人等上。

奧賽羅	親愛的瑪格爾[15]，你留神今夜夜班： 讓我們教自己顧體面適可而止， 休玩過了分寸。
凱昔歐	伊耶戈有指示怎樣去處置；可是， 雖然如此，我準會親自去注意。
奧賽羅	伊耶戈這人極誠實。瑪格爾，晚安； 容我明天一清早和你再談罷。 〔向玳思狄莫娜〕來，親愛的小妹，事情已成功，

---

14 L. Mason：在伊麗莎白時代的戲台上，這裡沒有新劇景的需要，而在各版對開本與四開本上也並不標明有這一劇景。Theobald首先在傳令官下場後給了劇情動作一個新的場所，Capell則首先加上了「第三景」這個標題。

15 Cowden-Clarke：這寥寥數語，看來好像關係不甚重大，卻有重要的戲劇作用。它們對於奧賽羅隨後對凱昔歐被陷於不僅忽視維護秩序的職責，而且自己去破壞秩序的非行的那陣發怒，增加了效果；這幾句話叫人注意到奧賽羅寄信任與信託給凱昔歐作為他特別選定的軍官，以及他喜歡他作為一個有私誼的朋友，稱呼他用他的受洗名「瑪格爾」，那稱呼，當他最後一次莊嚴地向他的責任感申訴「怎麼會，瑪格爾，你這樣忘懷了自己？」以後，他從不再用。

　　　　　後果自會跟著來；那好處將會到
　　　　　你我之間來。晚安。

　　　　　　　　〔與玳思狄莫娜及從人等同〕下。
　　　　　　　　伊耶戈上。

凱昔歐　　歡迎，伊耶戈；我們得去上夜班。

伊耶戈　　這一晌不去，副將軍；現在還不到十點鐘。我們將
　　　　　軍遣走我們得這麼早是爲了要跟他的玳思狄莫娜去
　　　　　親暱，可是莫讓我們爲了這事見怪他；他還沒有和
　　　　　她開動手腳哩，而她是堪供天王喬昄去耍樂的。

凱昔歐　　她是個絕世無雙的美嬋娟。

伊耶戈　　而且，我保證她身上功夫來得。

凱昔歐　　果真，她是個極年輕可愛的人兒。

伊耶戈　　她那眼波兒多俏！我看來它逗得人慾火上升。

凱昔歐　　那目光是動人的；可是我看來卻羞答答十分端莊貞
　　　　　靜。

伊耶戈　　而她說起話來，不是在響亮地叫人[16] 愛上她嗎？

凱昔歐　　她的確十全十美。

伊耶戈　　很好，祝他們在床上快樂！來，副將軍，我有一觚
　　　　　[17] 酒在此，而這裡有一雙塞浦路斯的公子哥兒在外

16　四開本原文「alarme」，對開本「alarum」，Schmidt訓爲召喚武裝起來，危險
　　來臨之報警，或戰鬥前之召喚，Onions解作召喚武裝起來（隱喻叫人愛她），
　　自以後者爲當。或者如L. Mason所註，簡單解作召喚或叫人更妥。

17　原文「Stope」，即「Stoup」或「Stoop」，酒器，Onions謂盛兩夸爾（quarts），
　　合半加侖。觚，吾國古酒器，盛二升，稍小些。

　　　　　　邊，他們樂意來喝一點酒爲黑將軍祝賀。

凱昔歐　　　今夜不喝了，親愛的伊耶代；我喝了酒腦筋不行，
　　　　　　要出亂子：我老大願意人們要是慇懃好禮的話，儘
　　　　　　可設法想出些什麼別的習俗來歡娛。

伊耶戈　　　啊！他們是我們的朋友；只喝一杯，我替你喝罷。

凱昔歐　　　我今夜只喝了一杯，而且那是大大[18]攪淡了的，可
　　　　　　是，你瞧，它在這兒搗出多大的麻煩：我在這缺陷
　　　　　　上頭是不幸的，再不敢在我的弱點上加重負擔了。

伊耶戈　　　什麼，仁兄！這是個歡慶的夜宵；貴家公子們要求
　　　　　　這個。

凱昔歐　　　他們在那裡？

伊耶戈　　　這裡，在門首；請您叫他們進來。

凱昔歐　　　我來叫；可是我不喜歡這麼辦。　　　　　下。

伊耶戈　　　假使我只要能再騙他喝上一杯，
　　　　　　加上他今晚上已經喝了的那鍾，
　　　　　　他將會爭吵不休，滿肚子惱怒，
　　　　　　像那年輕主母娘的小花兒一般。
　　　　　　現在，病懨懨的蠢貨那洛賣列谷，
　　　　　　相思鬧得幾乎中了邪，今晚上

----

18 原文「Craftily」一般都從Johnson解作「偷偷」或「私下」，但Furness訓為「大
　　大」。凱昔歐對伊耶戈坦然承認這件事，當不會「偷偷」去攪水在酒裡；何況
　　那樣做跟凱昔歐的性格不相符。應當是他第一杯裡公開攪上了水，而酒性發作
　　後他在跟塞浦路斯子弟們喝的第二杯裡就忘記了攪水。Furness這說法很合理，
　　但「Craftily」能否解作「大大」還是個問題。

對玳思狄莫娜祝酒已喝乾一大觥；

是他來守夜。有三個塞浦路斯人；

是貴家子弟們，氣概得不可一世，

把榮譽擎舉得奇高，防衛得老遠[19]，

乃是這英武的海島所薈萃的精華，

今夜我也一鍾鍾灌得火熱，

他們也要來守夜。如今，在這群

醉漢中，我要使凱昔歐行動起來，

激怒這整個島。他們已經來到。

如其後果只要能證實我的夢，

風也順，水也順，我的船駛得暢通。

　　　凱昔歐、蒙塔諾[20] 與士子三人上場。〔僕從數人

　　　攜酒後隨。〕

凱昔歐　　上帝在上，他們已經給了我一滿鍾。

蒙塔諾　　說老實話，一小杯；不到二兩，正如我是個軍人。

伊耶戈　　來點酒，喂！

　　　〔唱〕　　讓我把小罐兒來碰，來碰[21]；

　　　　　讓我把小罐兒來碰：

19　原文「That hold their Honours in a wary distance」，絕妙。Rolfe解釋為「對於他
　　們的榮譽很敏感，或者對於可疑的侮辱極易惱怒」。作為解釋，這是可以的，
　　但若以之代替本文或用作翻譯，便是點金成鐵。

20　使奧賽羅的前任總督跟他的下級鬧酒，Steevens與Booth都認為不適當。Booth
　　使蒙塔諾從另一方向上場來，來得較晚，正好見到凱昔歐跟蹌下場。

21　這支歌大概是莎氏當時小客店裡流行的一支輪唱小曲。下面一隻歌是流行於英
　　倫與蘇格蘭邊界上的一支老民歌。

　　　　　　一個兵是個人；

　　　　　　生命啊，短得很；

　　　　　那麼，讓個兵把酒來飲。

　　　來點酒，小崽子們！

凱昔歐　　上帝在上，一隻出色的歌兒。

伊耶戈　　這我是在英國學來的，他們那兒實在喝得厲害；你
　　　　　們那丹麥人，你們那日耳曼人，還有你們那大肚子
　　　　　的荷蘭人，——喝酒，喂！——比起你們那英吉利
　　　　　人喝酒這樣能幹在行嗎？

伊耶戈　　哎也，他毫不費力替你把你們那丹麥人賭喝得爛醉
　　　　　如泥；他汗也不出把你們那日爾曼人就摔倒了；他
　　　　　第二觥還沒斟已經叫你們那荷蘭人嘔吐了。

凱昔歐　　祝我們的將軍健康！

蒙塔諾　　我贊成這個，副將軍；我跟您對乾一杯。

伊耶戈　　啊，親愛的英倫！

　　　〔唱〕史梯芬是個出色的好君王，

　　　　　　他那條褲子只花他五先令；

　　　　　他嫌多花了半先令太冤枉，

　　　　　　因此上他叫那裁縫阿木林。

　　　　　他聲名響得那個不知道，

　　　　　　你這個小子地位低，又加窮：

　　　　　驕傲能掀翻一個大王朝，

　　　　　　所以你還是去披件舊斗蓬。

　　　來點酒，喂！

凱昔歐	哎也,這一隻歌比那一隻還要妙 。
伊耶戈	你還要聽嗎?
凱昔歐	不了;因爲我認爲他那樣做的事兒對於他的身份不相稱。很好,上帝在一切之上;有些靈魂一定得給拯救;有些靈魂一定得不給拯救。
伊耶戈	一點不錯,親愛的副將軍。
凱昔歐	爲我自己起見,——對於將軍並無觸犯,對於別的高品位人物也沒有,——我希望能得拯救。
伊耶戈	我也這麼希望,副將軍。
凱昔歐	是的;但是,你允許的話,不在我之前;副將軍要在掌旗官之前得到拯救。讓我們莫再談這個罷;讓我們幹事情去。上帝饒恕我們的罪過!列位,讓我們注意到我們的公務。列位,莫以爲我醉了:這是我的掌旗官;這是我的右手,這是我的左手。我此刻沒有醉;我能站得夠好的,說話也說得夠好的。
眾人	非常好。
凱昔歐	哎也,那麼,很好;那麼,你們切莫以爲我喝醉了。

下。

蒙塔諾	禁衛壇上去,列位;來罷,讓我們去警衛。
伊耶戈	您見到這個先我們而去的人兒;
	他是個軍人,配得上在凱撒身旁
	站著任指揮;可是,只瞧他的差失;
	對於他的品德,這正好如日夜平分,
	一般長短各相當;對他說,真可惜。

　　　　　我生怕奧賽羅對他所寄的信任，
　　　　　在他精神闇弱的偶然間付與他，
　　　　　將震驚這個島。

蒙塔諾　　　　　　　　　　但是他時常這樣嗎？

伊耶戈　　這總是他臨睡之前的開場楔子：
　　　　　他準會望著自鳴鐘短針走兩圈，
　　　　　如果沒有酒來爲他搖搖籃。

蒙塔諾　　　　　　　　　　　　　將軍
　　　　　若經人提醒這件事，倒是件好事。
　　　　　也許他沒見到；或是他那好性情
　　　　　重視凱昔歐所顯示的美德，而沒有
　　　　　看到他那些壞處。這話對不對？

　　　　　　　洛賓列谷上。

伊耶戈　　〔旁白，對他〕有什麼事情，洛賓列谷？
　　　　　我請你，跟著副將軍；跟著他去。

　　　　　　　　　　　洛賓列谷下。

蒙塔諾　　這真是十分可惜，那高貴的摩爾人
　　　　　竟將他自己副手的位置冒險
　　　　　交給這樣個闇弱毛病根深
　　　　　柢固的人；把這話告訴摩爾人
　　　　　將會是可敬的行爲。

伊耶戈　　　　　　　　　　我不說，即令是
　　　　　爲了這美好的島嶼：我很愛凱昔歐；
　　　　　要儘力醫好他這毛病。但是聽啊！

什麼響聲？　　幕後〔呼聲〕「救命！救命！」
凱昔歐追洛竇列谷上。

凱昔歐　　你這混混，你這壞蛋！

蒙塔諾　　　　　　　　什麼事，
副將軍？

凱昔歐　　　　　一個流氓教訓我盡職！
我把這流氓揍成個籐柳框的瓶。

洛竇列谷　揍我！

凱昔歐　　　　還亂說，混混？　　　〔打洛竇列谷。〕

蒙塔諾　　　〔攔阻凱。〕親愛的副將軍，
莫那樣；我請您，閣下，住手。

凱昔歐　　　　　　　　　讓開，
閣下，不然我要來砸你的腦袋。

蒙塔諾　　算了，算了；你酒喝醉了。

凱昔歐　　　　　　　喝醉了！

彼此鬥劍。

伊耶戈　　〔旁白，向洛竇列谷〕去罷，我說！出去，去叫嚷兵變。

洛竇列谷下。

莫那樣，親愛的副將軍！上帝的願望，
大人們！救人，喂喲！副將軍！大人！
蒙塔諾！大人！救人，諸位袍澤們！
這裡真是好一個警衛的夜班！

鐘聲鳴響。

是誰敲響了這鐘聲？魔鬼，喂喲！

　　　　　全城要起來了：上帝的願望！副將軍，
　　　　　住手！您將會永遠蒙上恥辱。
　　　　　　　　奧塞羅與從人等上。

奧賽羅　　這裡有什麼事情？

蒙塔諾　　他奶奶！我還在流著血；我傷重得將死。

奧賽羅　　停住，爲你們的生命！

伊耶戈　　停住，喂喲，副將軍！大人！蒙塔諾！
　　　　　大人們！你們忘懷了一切身分、
　　　　　職務的感覺嗎？停住！將軍有話
　　　　　要對你們說；停住，你們好意思！

奧賽羅　　噯喲，幹什麼，喂！怎麼樣開的頭？
　　　　　我們可成了土耳其人，對我們自己
　　　　　幹出了上天不叫土耳其人做的事？
　　　　　若知道什麼是基督徒的羞恥，就丟開
　　　　　這野蠻的爭鬧；誰再動一動去縱任
　　　　　他自己的暴怒，就把他的靈魂當兒戲；
　　　　　誰動誰就死。停止那可怕的鐘聲！
　　　　　它驚動全島，使它不得有安寧。
　　　　　爲了什麼事，諸君？誠實的伊耶戈，
　　　　　你看來傷心得要死，你說，誰開始
　　　　　這般轟鬧的？我命令你，憑你的愛顧。

伊耶戈　　我不知道；只剛纔，還沒一會兒，
　　　　　都是好好的朋友；友好相處得
　　　　　像新郎新婦一般，在寬衣上床；

於是，只剛纔，——像什麼星宿奪去了
人們的理智，——彼此利劍出鞘來，
你刺我戮，對準著胸膛，來一場
血淋淋的格鬥。這番無謂的爭吵
怎麼樣開始，我說不上來；但願
我在光榮的戰陣中失去這兩條腿，
因爲是它們帶我來看到這光景！

奧賽羅　怎麼會，瑪格爾，你這般忘懷了自己？

凱昔歐　我請您原諒；我說不上來。

奧賽羅　高貴的蒙塔諾，您平素謙謹有禮；
您年輕時日的莊嚴與沉靜，世人
都知曉，在極有明智輿論的眾人間
您聲名籍籍：什麼事招致您這般
玷辱您自己的令譽，把寶貴的聲華
拋棄掉，換一個夜間鬧街者的徽號？
請給我回答。

蒙塔諾　高貴的奧賽羅，我受傷得危險；伊耶戈，
您當班的軍官，能把經過告訴您，
我所知道的一切我此刻得儉約，
因爲現在我說話頗有點傷痛；
我不知我今夜說錯、做錯了什麼事，
除非對自己愛護有時是非行，
強暴來襲時自衛是一椿罪愆。

奧賽羅　如今，青天在上，我的火性開始在

　　　　　主宰我較安全的指引者，而我的激情
　　　　　烏黑了我最好的判斷，試著要領路。
　　　　　我只須動一下，或只要舉起這胳膊，
　　　　　你們之中最強的將受罰而喪命。
　　　　　給我知道這可恥的轟鬧是怎樣
　　　　　開的頭，是誰先起鬨；誰若經證實
　　　　　犯了這過誤，即令跟我是同胞
　　　　　一母所雙生，他也將喪失我。什麼！
　　　　　在一個有戰事的城中，還動盪不定，
　　　　　人民的心中滿都是惶恐，來安排
　　　　　私人間內部的手吵，而且在夜晚，
　　　　　在保安的主防廳，警衛的崗哨之上！
　　　　　真駭人聽聞。伊耶戈，是誰開的頭？

蒙塔諾　　假使為偏愛所羈縻，或者因職位
　　　　　關連而友好，你說過了事實或不及，
　　　　　你就算不得是軍人。

伊耶戈　　　　　　　　　　莫觸及我痛處；
　　　　　我但願這舌頭從我口中剜出來，
　　　　　也不肯叫它損及瑪格爾・凱昔歐；
　　　　　可是，我認為說真話並不損害他。
　　　　　事情是這樣，將軍。蒙塔諾和我
　　　　　正在說話，有個人叫喊著呼救，
　　　　　凱昔歐跟隨著，用劍斷然邀擊他。
　　　　　將軍，這位大人跨幾步挨近凱昔歐，

　　　　　請求他停住，而加以考慮；我自己
　　　　　當即追趕那叫喊者，怕他的喧嚷，
　　　　　張揚開去，會使這城廂受驚恐；
　　　　　那個人，步子快，一溜煙失去了蹤影，
　　　　　而我打回頭，更因爲聽到了劍刃
　　　　　玎玎砍擊聲，凱昔歐則高聲賭咒，
　　　　　那在今夜以前我從未見到過。[22]
　　　　　當我回來時，——這其間經過極短暫，——
　　　　　我看見他們逼近在一起，相砍相刺，
　　　　　正如同您自己分開他們時一個樣。
　　　　　比這還多的經過、我報告不上來；
　　　　　但人還是人；最好的有時也忘懷；
　　　　　雖然凱昔歐對他稍有所不當，
　　　　　正如盛怒者打那些願他們好的人，
　　　　　但我信，必然凱昔歐自那個逃跑者
　　　　　受到了驚人的侮辱，忍耐所不能容。

奧賽羅　　　我知道，伊耶戈，你的誠實和友愛
　　　　　減輕了這件事，放鬆了凱昔歐責任。
　　　　　凱昔歐，我愛你；但決勿再當我的副將。

　　　　　　　　玳思狄莫娜與隨從人等上。

22　初版對開本原文作「say」，一些現代版本都從它。四開本作「see」，我覺得
　　少轉一個彎，較直截了當要好些。又，「might」不當作現代英語裡的假設法
　　（subjunctive）解，而應作爲直說法（indicative），即等於「could」解——從
　　Schmidt，他所舉例子有十幾個之多。

　　　瞧罷，我可愛的小妹可不給鬧醒了！

　　　〔向凱昔歐〕我要使你做鑑戒的榜樣。

玳思狄莫娜　　　　　　　　　　　　　什麼事？

奧賽羅　　現在一切都好了，親愛的，去睡罷。

　　　大人，您的傷，我自己將為您包紮。

　　　扶他走。　　　　　　　〔蒙塔諾被扶走。〕

　　　伊耶戈，小心看顧著坊廂，安撫

　　　這惡劣的轟鬧所震動起來的百姓。

　　　來罷，玳思狄莫娜；過軍人的生涯，

　　　溫馨的睡眠難免被爭吵所破壞。

　　　　　　　〔與玳思狄莫娜及隨從人等同〕下。

伊耶戈　　什麼，您受傷了嗎，副將軍？

凱昔歐　　是的；什麼外科手術都醫不好。

伊耶戈　　聖處女，上天莫叫那樣！

凱昔歐　　名譽，名譽，名譽！啊唷！我的名譽喪失掉了。我

　　　喪失了我自己神靈的部分，而留下來的是獸性的。

　　　我的名譽，伊耶戈，我的名譽！

伊耶戈　　　正如我是個誠實人，我以為您受到了身體上的創

　　　傷；那個要比名譽更加受不了痛苦。名譽是個無聊

　　　而且最奸詐不可靠的騙子；得來並不靠功勳、道德，

　　　失掉它時則不應當遭受到責罰；您並未損失掉什麼

　　　名譽，除非您把自己當作這樣一個損失者。什麼，

　　　老兄！還有辦法使將軍對您回心轉意；您只是剛纔

　　　在他惱怒中被免了職，那責罰是出於處置公務的明

智，並非他對您有什麼惡意；正好比一個人會打他
自己那條無辜的狗，去嚇唬一頭威脅他的獅子似
的。只要央求他，他又會跟您和好如初。

凱昔歐　我寧願央求被他所鄙棄，卻不願欺騙這樣好一位首
長，讓他再起用這樣個無足輕重、愛酗酒、不檢點
的部屬。醉了！鸚鵡學舌，瞎說一陣子！吵架，吹
牛，賭咒，跟自己的影兒高談闊論些廢話！啊，你
這看不見的酒精靈！假如你沒有可以給稱呼的名
號，就讓我們叫你魔鬼！

伊耶戈　您揮著劍跟在他背後追趕的，那是個什麼樣人？他
對您做了什麼事？

凱昔歐　我不知道。

伊耶戈　這可能嗎？

凱昔歐　我記得一大堆事，但是都不大清楚；記得吵了一回
架，但不知為什麼。啊，上帝！人們會把一個敵人
放在自己嘴裡，去偷走他們的頭腦；我們居然會用
歡快、作樂、慶祝和讚頌去把我們變成畜牲。

伊耶戈　哎，可是您此刻是夠正常的了；您怎麼會這般清醒
的？

凱昔歐　那酒醉魔君高興讓位給惱怒魔君；一個缺陷指給我
看另一個缺陷，使我毫不隱諱地鄙薄我自己。

伊耶戈　算了，您是個過於嚴厲的道學說教者。就這時間，
這地點，這地方的情勢而言，我誠心願意這件事沒
有發生，但既然已經如此，為您自己的利益起見，

還是補救爲妙。

凱昔歐　　我準定請求他給還我這個位置；他準定會告訴我我是個醉鬼！假使我的嘴巴同九頭妖怪[23] 一般多，他這句話會把它們全堵住。此刻是個有頭腦的人，等一下變成個傻瓜，再不久變成頭畜牲！啊，怪事！每一杯過量的酒是被詛咒過的，裡邊的成份是一個魔鬼。

伊耶戈　　算了，算了；好酒是個家常的寵兒，有益於人，如果是好好地飲用；別再叫罵它了。而且，親愛的副將軍，我想您認爲我是愛護您的。

凱昔歐　　我已經好好體驗到這個，足下。我醉了！

伊耶戈　　　您或是不論那一個活著的人在某個時候可能會喝醉，老兄。我告訴您您該怎麼辦。我們將軍的嬌妻如今是將軍；關於這一層我可以這麼說，因爲他專心而且竭誠於沉思、目注與供奉她的窈窕和美慧；您去對她盡情地懺悔；對她懇求；她會設法將您安置在原來的位置上。她賦性如此柔和，如此溫藹，如此慈祥，如此聖潔，她會以爲不把您懇求她的做過了頭，便是她美德裡一個罪過。央求她將您和她

23　Hydra，古希臘神話裡一隻在希臘半島南部配羅樸尼斯（the Peloponnese）東境、亞谷利斯（Argolis）地區蔞那（Lerna）湖一帶沼澤裡橫行爲害的九頭怪物。人類的恩人海拉克利斯（Heracles）的十二樁辛勞之一便是去殺死這妖怪。他砍掉了它的一個頭後，它馬上長出兩個來。經他的朋友意屋萊厄斯（Iolaus）的幫忙，在他斬掉了妖怪的一個頭後，馬上用一塊燒紅的鐵蓋在斷頭處，那惡獸終於被殺死。

丈夫之間斷了的關節縛紮起來；我把我的好運跟任
何值得一提的賭注相抵，你們感情上的破裂將長得
比以前更加堅固。

凱昔歐　你替我設想得周到。

伊耶戈　我斷言，這是出於懇切或友情以及誠實的善意。

凱昔歐　我誠心考慮一下；明晨一早我要懇請賢德的玳思狄
莫娜替我設法。我將對我自己的命運絕望，若是它
在這件事上抑制我使不得成功。

伊耶戈　您說得對。晚安，副將軍；我一定得去警衛了。

凱昔歐　晚安，誠實的伊耶戈！　　　　　　　凱昔歐下。

伊耶戈　我這番獻計既天真無邪，又老實
　　　　誠懇，想來合情而合理，果真是
　　　　重新取寵於摩爾人的行徑，那麼
　　　　說我行為如惡棍的任何人，他自己
　　　　將成為怎樣的人？在正當的懇求上
　　　　要勸說有好意的玳思狄莫娜首肯，
　　　　那是非常容易的；她生來就寬懷
　　　　大度，如陽光天風雨露。然後，
　　　　由她去勸服摩爾人，即令要他
　　　　去否認曾受洗入教，——那我們罪孽
　　　　得救贖的一切證明和象徵，——他靈魂
　　　　是這般束縛在對她的情愛上，她能
　　　　叫它長，叫它短，要它怎樣就怎樣，
　　　　正如它的心血來潮能任意奴役

他薄弱的心神運用。那麼，獻計與
凱昔歐，同他的意嚮相契合，爲他好，
我怎麼會成個奸人？地獄的神學！
魔鬼們在投射出罪孽之前，一定得
先用聖潔的假象來勾引，正如我
現在一個樣；因爲這誠實的傻瓜
殷求玳思狄莫娜恢復他時運、
而她爲著他極力對摩爾人懇請時，
我將把這害毒注入他耳朵裡頭去，
說她要將他復職，爲肉體的淫慾；
那麼，她越是出力想對他行好，
她將越使摩爾人對她喪好感。
我便將這般叫她的美德變漆黑，
用她的好處做成一口網，把他們
一網打盡。

　　　　　　洛竇列谷上。

　　　　　做什麼，洛竇列谷？

洛竇列谷　　我跟著在這兒打獵，不像頭真是在狩獵的獵狗，倒像頭嚨嚨吠著、專爲湊熱鬧而來的叫狗。我的錢差不多用光了；我今晚上棍子已吃得夠了；我想結果將是，我付出如許麻煩，將得到這麼多經驗；而於是，囊空如洗，但長了點智慧，我要重新回到威尼斯去。

伊耶戈　　那些沒有忍耐的人兒多可憐！

什麼劍傷會痊癒，除非逐漸好？
你知道我們做事用機巧，不使用
魔法，而機巧要靠遷延的時間。
事情不進展得很好嗎？凱昔歐打了你，
而你，因那點小傷，黜掉了他的職。
雖然別的東西在陽光裡長得好。
但是先開花的果子總會先成熟：
暫時把心情放寬暢。憑彌撒，早晨了；
愉快與行動使時間顯得短。休息去；
去到你給分配的宿舍裡。去罷，我說；
今後你將知道更多的後事：
別軌著，去你的。　　　　　洛寶列谷下。
　　　　　　　　　兩件事需得要去做，
我老婆一定得替凱昔歐向她
主婦去說情；我準要激得她去；
同時，我自己要將摩爾人引開，
再領他正在那時節眼見凱昔歐
在求他老婆；對呀，那正是方法：
莫讓冷漠與遷延遲鈍我的計畫。　　　　下。

第三幕

第 三 幕

第一景[1]

〔堡壘前。〕
凱昔歐與樂人數人上。

凱昔歐　　諸位樂師，在這裡演奏罷[2]，我自會

酬謝你們的辛勞；奏一支短曲；

然後說，「早安，將軍。」

　　　　　　　　　彼等進行演奏，小丑上。

小丑　　　哎，樂師們，你們的樂器可是從那坡利來的[3]嗎！

它們的鼻音這麼重？

樂人甲　　怎麼，先生，怎麼？

1　Furness：這一景與下一景在現代舞台上通常是被略去不演的。

2　Brand：在新婚第二天早上用樂曲將新郎新婦吹奏醒來，是一個很老的風俗。
　　Ritson：這裡用的管樂器是嗩吶(hautboys)。

3　Cowden-Clarke：那坡利人講他們的方言時，拉著特別長的鼻音，故這樣說。

小丑	我請問，這些可是吹奏樂器嗎？
樂人甲	不錯，憑聖處女，它們是的，先生。
小丑	啊！那上頭掛一條尾巴。
樂人甲	什麼上頭掛一條尾巴，先生。
小丑	憑聖處女，先生，我所知道的好些支吹奏樂器上掛得有。但是，樂師們，這裡有點喜封給你們；將軍那麼樣愛聽你們的樂曲，他願意你們，為愛他起見，莫再鬧響了罷。
樂人甲	很好，先生，我們不吹就是了。
小丑	假如你們有什麼聽不見的音樂，再來一點倒不要緊；可是，他們說，將軍不大高興聽音樂。
樂人甲	我們沒有那樣的音樂，先生。
小丑	那就把你們的喇叭裝進荷包裡去罷，因為我要走了。去；往空氣裡消失掉；走罷！

眾樂人下。

凱昔歐	你聽到嗎？我的誠實的朋友？
小丑	不，我沒有聽到您的誠實朋友；我聽到您在說話。
凱昔歐	請不妨繼續駁辯打趣下去。這兒有一小塊賞金給你。假使那個侍候將軍娘娘的陪娘已經起身了的話，告訴她有個名叫凱昔歐的請她借光講一句話：你可能這麼辦嗎？
小丑	她起身了，先生：假如她起到這兒來，我會要好像是告訴她的。
凱昔歐	告訴她，我的好朋友。　　　　小丑下。

伊耶戈上。

碰得巧，伊耶戈。

伊耶戈　　您沒有去睡覺嗎，那麼？

凱昔歐　　哎，沒有；我們分手前天已經
發亮。我冒昧，伊耶戈，叫人傳口信
給你的太太；我請求她替我設法
引見賢淑的玳思狄莫娜。

伊耶戈　　　　　　　　　　我馬上
叫她來見您；我想法使那摩爾人
不在跟前，使你們談話和做事
較自由。

凱昔歐　　　　　　我對你十分感謝。〔伊耶戈下。〕我從未
見過個莆洛倫斯人更好心、更誠實[4]。

愛米麗亞上。

愛米麗亞　早安，親愛的副將軍；我為您遭不快
惋惜；可是，一切會重新好轉。
將軍同他的夫人正在談這件事，
她極力替您講話：摩爾人回說，
您刺傷的那人在塞浦路斯名聲大，

4　Malone：為了這一行，有人懷疑到伊耶戈的國籍。凱昔歐毫無疑問是個莆洛倫斯人，如一幕一景二十一行所顯示的那樣，那裡他分明被如此稱謂。伊耶戈是個威尼斯人，在五幕一景九十餘行處戳死了洛竇列谷後他說的話裡有證明。凱昔歐這裡所要說的無非是，「就在我自己的同國人中間，我也從未曾碰到過比這人更誠實、善意的人了」。

關係好，以合理的明智來計較，他不能
不對您拒絕；但是他矢言他愛您，
除了他自己的愛賞，不需要任何人
來懇請他抓住最可靠的機會再用您。

凱昔歐　　可是我請您，若是您以爲可以，
或是可以辦的話，讓我有方便
跟玳思狄莫娜獨自簡略談幾句。

愛米麗亞　　請您進來：我來領您到那裡去，
您能有時間去傾吐胸懷。

凱昔歐　　　　　　　　　　　　　很感激。

〔同下。〕

第二景

〔堡壘內之一室。〕
奧賽羅、伊耶戈與侍從等上。

奧賽羅　　把這封書束，伊耶戈，交給舵工，
　　　　　託他替我向知政事公署致敬；
　　　　　那事辦完時，我將在礮臺上漫步；
　　　　　去那裡找我。
伊耶戈　　　　　　　　　是的，主公，當遵命。
奧賽羅　　這礮臺，諸位，我們可能去看看？
侍從等　　我們準要陪侍您鈞座。　　　　　　　同下。

第三景

〔堡壘內之花園〕
玳思狄莫娜、凱昔歐與愛米麗亞上。

玳思狄莫娜　你可以相信，善良的凱昔歐，我準會
　　　　　盡力幫你的忙。

愛米麗亞　　　　　　　親愛的娘娘，
　　　　　請務必：我保證，我丈夫也爲此傷心，
　　　　　彷彿這事情就是他的一般。

玳思狄莫娜　啊！那是個誠實人。別懷疑，凱昔歐，
　　　　　我準使我官人跟您友好如初。

凱昔歐　　　大度的夫人，不論我瑪格爾‧凱昔歐
　　　　　將成爲怎樣的人，他決非別的，
　　　　　總是您真誠的僕人。

玳思狄莫娜　　　　　　　我知道；多謝您。
　　　　　您愛我的官人；您認識了他已長久；
　　　　　您可以確信，他將不再會對您
　　　　　蕭疏冷淡，只除了暫時保一陣
　　　　　拘謹的距離。

凱昔歐　　　　　　　不錯，但是，夫人，
　　　　　那爲政的機巧也許會拉得那麼久，

　　　　　或則因未得餵養而滋長無從，
　　　　　或者那麼多事故會發生，經一延
　　　　　再延，而同時我又不在他跟前，
　　　　　且位置已爲人所佔，那時節將軍
　　　　　將會忘懷我對他的愛戴和忠勤。

玳思狄莫娜　莫疑慮會那樣；在愛米麗亞面前，
　　　　　我保證[5] 你的職位。你可以相信，
　　　　　我如果鄭重允承了友善相調處，
　　　　　我定將履行到最後的字句；我官人
　　　　　將不得安休；我將練鷂子一般
　　　　　使他定性[6]，講得他沒有個安寧；
　　　　　他的床將像個學堂，他的餐桌
　　　　　像個懺悔所；他所做的任何事情裡
　　　　　我將混合你的請求。所以，凱昔歐，
　　　　　心情愉快罷；你的代言人寧死
　　　　　也不會將你的利益放棄。

　　　　　　　　　　奧塞羅與伊耶戈〔在遠處〕上。

愛米麗亞　娘娘，將爺來了。
凱昔歐　　夫人，我要告辭了。
玳思狄莫娜　哎，躭著，聽我說。

5　Coleridge：這是玳思狄莫娜出於天眞的過度熱心。

6　這譬喻自弄鷹術（falconry）內借來。作者當時的城鄉居民們頗多馴養一些體型小的鶚、鷂（falcons，hawks）之類的鷹隼，較大的名青肩，更大的為鷂子，都可以馴養來獵捕雀兔。

凱昔歐	夫人,此刻不了;我很不舒服,
	不便替自己說話。
玳思狄莫娜	那麼,您覺得怎樣合適隨便罷。〔凱昔歐下。〕
伊耶戈	嘻!我不高興那個。
奧賽羅	你說什麼?
伊耶戈	沒有事,主公:或許——我不知道什麼?
奧賽羅	莫非凱昔歐從我妻那裡離開?
伊耶戈	凱昔歐,主公?當然不會,我不能
	設想他會看見您到來而偷偷
	溜走,像犯了罪似的。
奧賽羅	我相信是他。
玳思狄莫娜	怎麼說,官人?
	我在此跟你的一個懇請人在說話,
	他爲你的不快而在煩惱。
奧賽羅	你意下指誰?
玳思狄莫娜	哎,你副將凱昔歐。親愛的官人,
	我若有什麼好處或能力來打動
	於你,請接受他這下子來求情請罪;
	因爲他如果不是真心愛戴你,——
	那疏誤乃出於無知,並非故意,——
	那我就識不得一個誠實的面孔。
	請叫他回來罷。
奧賽羅	他剛從這裡走嗎?
玳思狄莫娜	不錯,果真是;這麼低首下心,

他將一部分苦惱留下來給我，
和他一同受罪。親愛的哥哥，
叫他回來罷。

奧賽羅　　　　　　　現在不，親愛的小妹；
等別的時候。

玳思狄莫娜　　　　　但準定最近嗎？

奧賽羅　　　　　　　　　　不會久，
親愛的，爲了你。

玳思狄莫娜　　　　　好不好今夜晚飯時？

奧賽羅　不，不在今夜。

玳思狄莫娜　　　　　那就在明天午飯時？

奧賽羅　我將不在家吃午飯；要跟聯長們
在城防堡壘裡碰頭。

玳思狄莫娜　　　　　　那麼，就定在
明天晚上；或者在禮拜二早上；
禮拜二中午，或晚上；禮拜三早上：
請你定時間，但是別超過三天：
他的確悔悟前非；但他那錯失，
按常理來說，——除非照他們的說法，
戰爭一定得把最好的人作鑑戒，——
幾乎不是個該受私下裡責備、
更莫說公開撤職的過誤。讓他
什麼時候來？告訴我，奧賽羅：我心裡
在奇怪，什麼事你要我去做，我會

拒絕，或這麼猶豫不決。什麼！
瑪格爾・凱昔歐，他跟著你來，幫同
來求婚，好多次，當我談起你來
責怪時，替你作辯解；叫他來見你，
得這麼麻煩！信任我，我能做好多——
奧賽羅　　請你莫說了；他什麼時候要來，
就讓他來罷；我準定不會拒絕你。
玳思狄莫娜　哎也，這不該是一個恩賜；應當
如同我懇求你戴上手套，或是吃
營養的菜餚，或是把衣裳穿暖，
或者央求你做一件對你自己
特別有利的事情那樣子；不光
這麼說，當我有一椿懇求，為了它
我果真存心要試驗你對我的愛時，
它應當富於份量與困難的重要性，
而且給與時，會引得你牽腸掛肚。
奧賽羅　　我準定不會拒絕你；然後，要請你
答應我這一點，讓我一個人獨自
空著一會兒。
玳思狄莫娜　　　　　　我可要拒絕你？不會：
再會，官人。
奧賽羅　　　　　　　再會，我的玳思狄莫娜：
我馬上來跟你在一起。
玳思狄莫娜　　　　　　　　　　愛米麗亞，來。

	你喜歡怎樣就怎樣；不論你怎麼樣，
	我說隨順你。　　　　〔與愛米麗亞同〕下。
奧賽羅	絕妙的可憐的人兒[7]！
	我若不愛你，讓毀滅吹折我的靈魂！
	我只要片刻不愛你，渾沌[8]又來了。
伊耶戈	尊貴的主公，——
奧賽羅	你說什麼，伊耶戈？
伊耶戈	瑪格爾‧凱昔歐，當您向夫人求婚時，
	他可知道你們之間有愛情嗎？
奧賽羅	他知道，從頭至尾：為什麼你要問？
伊耶戈	只是為消釋我思想裡一個疑團；
	沒有其他的害處。
奧賽羅	你想到什麼，
	伊耶戈？

7　Johnson：「wretch」（可憐的人兒）這字意義是一般人所不大瞭解的。在英國有些地方，它如今是個最溫存憐愛的柔情語辭。它表示極度和藹，加上一層也許含有柔弱、溫順、孤苦等意義的種種深情至意。奧賽羅考慮到玳思狄莫娜的明艷而賢淑到極致、富於溫柔和怯生生的女性特點，而且在處境上完全在他掌握之中，所以叫她「妙到極點的可憐的人兒！」這可以這麼來闡明：「親愛的、無邪的、無告的絕頂佳妙。」Collier：這樣的親愛字眼是當那些含有實愛、歎賞與歡愉的意義的字眼顯得不夠表示時，纏用來藉以寓意表情的。Hudson：在這裡這樣的用法，「wretch」（可憐的人兒）這字是英文裡表示親愛的最強有力的用語了。

8　Johnson：當我的愛暫時被嫉妒所中止時，我心中便一無所有，只除了軋礫、騷擾、混亂與惶惑。Steevens：還有個解釋可能：「當我停止愛你時，世界就完了」，就是說，再沒有什麼東西有價值或重要的了。Franz Horn：奧賽羅這裡所提及的是他認識玳思狄莫娜以前他生命中那混亂的一團。

伊耶戈	我想他不會跟她認識。
奧賽羅	啊！認識的；在我們之間常來往。
伊耶戈	當真！
奧賽羅	當真！是的，當真；你在那裡頭 看到了什麼？難道他不榮譽不成？
伊耶戈	榮譽，主公？
奧賽羅	榮譽！是啊，榮譽。
伊耶戈	主公，據我所知，——
奧賽羅	你怎麼想法？
伊耶戈	想法，主公！
奧賽羅	想法， 主公！老天在上，他迴響我的話， 彷彿他思想裡有什麼妖怪，太駭人， 不堪暴露。你意思該是指什麼事： 我聽你纔說的，你不該喜歡那個 正當凱昔歐離開我妻子的時候； 你對什麼不喜歡？而當我告訴你， 在我求婚的全程中他參與隱秘， 你叫道，「當真！」而且還蹙眉蹙額， 彷彿那一忽兒在你的心中隱藏著 什麼駭怕人的想法。如果你愛我 告訴我你那個思想。
伊耶戈	主公，您知道我愛您。
奧賽羅	我想你是

　　　　　　愛我的；因爲我知道你很愛，很誠實，

　　　　　　說話之前權衡過字眼的重輕，

　　　　　　所以這些間斷嚇得我更厲害；

　　　　　　因爲這些東西若出於不可靠、

　　　　　　不忠誠的壞人，乃是尋常的詭計，

　　　　　　但出自正直人，便成了秘密的表示[9]，

　　　　　　發自心中，因不能控制住激情。

伊耶戈　　　至於瑪格爾‧凱昔歐，我敢起誓，

　　　　　　我想他是誠實的。

奧賽羅　　　　　　　　　　我也這麼想。

伊耶戈　　　做人應當表裡如一；而那些

　　　　　　不這樣的人，我但願他們莫那樣。

奧賽羅　　　當然，做人應當表裡如一。

9　從初版四開本之「denotements」（表示、徵兆、痕跡）。對開本原文爲「dilations」
　　（遲延、停頓），這與三行前的「stops」（中斷）似有呼應之勢；若從Warburton
　　之箋解，應當這樣譯法：

　　　　　　　　便成了冷靜地保持住

　　　　　一個祕密，那是從心裡發出

　　　　　熱情所不能控制。

　　這是說，那「正直人」必須是個體質或性情遲鈍的（phlegmatic）人，他能很
　　自然地控制著那個秘密，而熱情則不能控制他，所以他沒有洩漏出來。但這分
　　明與事實相反，伊耶戈在半吞半吐中已「洩漏了」不少出來，且正直人也與遲
　　鈍的體質之間不無矛盾，而與多血質的（sanguine）體質卻是相當一致的。這
　　樣解釋我總覺得牽強。Johnson將「dilations」校改爲「delations」(告發、控告)，
　　講起來倒還講得通，可是Steevens說，他還沒有發現過「delation」這字在莎士
　　比亞當時曾被用作羅馬人的含意「控告」那用法的。White則解「delations」爲
　　「微妙的、親密的承認或告密，洩漏」。

伊耶戈	哎也，那我想凱昔歐是個誠實人。
奧賽羅	不行，這裡頭還有別的東西。
	我請你對我說話，像對你的思想
	一般，怎麼樣思考便怎麼樣言宣，
	想到最壞處就用最壞的言辭。
伊耶戈	親愛的主公，原諒我；雖然我對於
	每一個本份上的行動擔負著義務，
	但是我對於一切奴隸們都能夠
	自由的東西可也不承擔責任。
	顯露我的思想？嗳呀，假定說，它們是
	惡劣而假的呢；正好比，那樣的宮庭
	那裡有，骯髒東西永遠不闖入？
	誰有這樣個純潔的胸懷，其中
	決沒有不潔的思想設立公堂，
	跟合法的思想一同開庭審判？
奧賽羅	你在陰謀反對你的朋友，伊耶戈，
	假使明知他遭受到傷害，你卻叫
	他耳朵對你的思想成陌路。
伊耶戈	我請你，
	既然我在猜測裡也許有錯誤，——
	我承認，窺探到人家的過誤乃是我
	心情裡一椿煩惱，而我的疑懼，
	往往把不是錯失形成的錯失，——
	就讓您那片明智且莫理會這樣個

判斷不周全的人，也莫用他那些
隨便、沒把握的見解，來爲您自己
找麻煩。告訴您我想些什麼，對於您
心境的安寧和您的利益沒好處，
對我的人格、榮譽和明智也不利。

奧賽羅　你什麼意思？

伊耶戈　　　　　　不論對男人，對女人[10]，
好名聲，親愛的主公，是他們靈魂
所直覺的瓊寶：誰偷了我的錢袋，
偷了件廢物；那是件東西，卻等於
沒有；它昨兒是我的，今兒是他的，
曾經是千萬人的奴才；但是竊取我
好名聲那人，搶了我不能使他
變富有的東西，卻使我真成了窮困。

奧賽羅　憑上天，我定要知道你的思想。

伊耶戈　你不能，即令我的心在您手掌中，
更何況那不會，當它還爲我所保有。

奧賽羅　嘻！

10　Gould在其所著《悲劇伶人》(*The Tragedian*，1868)一書裡講起英國悲劇名伶蒲
　　士（Booth, Junius Brutus, 1796-1852，按爲美國名伶Edwin Thomas B. 之父，）
　　飾伊耶戈演到這裡時，說他將原文「and woman」（和女人）二字前後都用一
　　個短暫的停頓隔離開來，而且把這兩個字以一個變腔的、清楚而低沉的音調發
　　出聲來，使那隔離更顯得完全，他那麼做是在直接對準了奧賽羅的心予以襲
　　擊，在那裡邊種下了他妻子不貞的第一顆疑念的種子。按，對開本原文「男人」
　　之後是有逗號的。

伊耶戈	啊喲！主公呀，請小心妒忌； 那是頭綠眼珠的妖怪，好比狸奴 玩耗子，它吃人之前總得把苦主 先將信將疑嬉耍得惱翻了天[11]； 那偷漢娘子的老公，知道了自己 命運而不愛給他戴綠頭巾的害人精， 乃是生活在極樂中；但是，啊喲！ 那人兒可熬著多麼可恨的惡時分， 他愛極，卻心疑，又心愛得兇！
奧賽羅	啊也，慘痛！
伊耶戈	貧窮而知足，很富有，富有得足夠， 但無邊的財富對於總是怕自己 會窮困的那人兒便像是寒多一個樣。 親愛的上蒼，保佑我的族眾莫受 妒忌的侵凌。
奧賽羅	為什麼？為什麼這樣？ 難道你以為我會以妒忌度生涯， 跟著月亮的盈虧而猜疑不已嗎？ 不會；懷疑過一次，就會消釋掉 猶豫難決。把我當作一隻羊，

11 原文這幾行用一個相當晦澀的隱喻，尤其「mock」這字使許多註家都迷離恍惚，捉摸不定，到了Hunter纔把陰霾一掃而空。至於為什麼妒忌是一頭綠眼珠的妖怪，那是因為它喜歡嬉耍它的被害人，如同貓兒愛玩弄老鼠一般，而貓眼睛在黑暗裡是綠光耀眼的。譯文將原意奧隱稍加揮灑，俾能易於瞭解。

假使我把我靈魂裡的一些事情
變成那麼空洞而臃腫的狐疑，
恰好符合你適纔所講的那模樣，
說我的妻子長得美，吃得好，愛賓客，
好交談，歌唱、吹彈、舞蹈得好，
並不會使我生嫉妒；本來有美德，
加上了這些，便是錦上添了花。
我也不會在自己微弱的優點上
生些微恐懼，或懷疑她也許會變心；
因爲她生得有眼睛，揀中了我。
不會，伊耶戈；我懷疑之前先得看；
而懷疑的時候，就得要證明；等有了
證明，便再無別的，只有這樣子，
愛情，或者妒忌，馬上就完畢！

伊耶戈　我很高興；因爲我現在有理由
以更加坦率的熱忱顯示給您看
我對您的愛戴和崇敬；我義不容辭，
所以要請您接受；我此刻且不說
什麼證據。瞧您的夫人；仔細
去觀察她跟凱昔歐在一起；要這般
運用您的目光，莫忌妒，也不可懈怠[12]；

---

12 Alger在其所作美國悲劇名伶《福萊斯特（Edwin Forrest, 1806-1872）傳》（1877）
　　裡寫道：福萊斯特將伊耶戈表演成一個外表上愉快活潑的人物，把他的惡毒與
　　奸險隱藏在一片不經心的誠實與歡樂的高興裡頭。他演出了一點在嚴格意義上

我不願您那開誠豪爽的胸懷

爲了它天生的慷慨而平白給糟蹋;

注意著:我很知道我鄉邦的習性;

在我們威尼斯,她們開的玩笑

能給上天看,可不敢給丈夫們知道;

她們最好的良心不是不去做,

而是不給知道。

奧賽羅　　　　　　你這樣說嗎?

伊耶戈　她騙了她父親,跟您結婚:正當她

似乎在發抖,怕見您相貌的時候,

卻最愛它[13]。

的獨創,使歧恩(Edmund Kean, 1787-1833,英國悲劇名伶)爲之大受感動。
伊耶戈,當他陰險地挑逗著奧賽羅的猜疑時,對他說著這兩行半。說這句話的
時候,除了最後兩個字,福萊斯特出之以坦白、安舒的語氣;但忽然一變,彷
彿那潛藏著的邪惡他心知得那麼強烈,以致不由自主地衝破了他在表面上裝出
的善意腳色,違背著他的意志把祕密暴露了出來,於是他講「nor secure」(也
不要安心或懈怠)這兩個字時改用一個乾啞的聲調,從一個高音階上瀉下來,
在一個極低音的恐怖上頭結束。這股可怕的暗示性對歧恩引起了一陣真正藝術
性的和震驚的反應,同時劇院裡也全場轟動,如觸電閃。他們兩個在化裝室內
相見時,歧恩興奮地說道,「以上帝的名義,老弟,那是你從那裡弄來的?」
福萊斯特答道,「這是我自己的一點兒東西。」「好的,」他說,當歧恩快樂
而笑得身體顫動的時候,「從此每一個人他要演這個角色的話,在這裡就得這
麼辦。」

13 Hudson:這是伊耶戈的最奸詐的手法之一。玳思狄莫娜含羞的少女之戀的出自
本能的畏縮與震顫,被說成了機巧,顯得是進行欺騙的一連串最精鍊而苦心經
營的手段了。他對於人性的深刻知識使得他能揣摩出她在奧賽羅面前顯得怎麼
樣。

| 奧賽羅 | 她是這樣[14]。 |
| 伊耶戈 | 哎也，那得了[15]； |

她這麼年輕，能裝出這樣的外貌，
將她父親的眼睛縫起來，密不[16]
通風，他以為是魔法──但是我不該：
我懇請您原諒，我對您情意太深。

| 奧賽羅 | 我永遠對你感激。 |
| 伊耶戈 | 我見到，這番話 |

使您心慌意亂。

| 奧賽羅 | 一點不，一點不[17]。 |
| 伊耶戈 | 說實話，我怕的確是如此[18]。我希望 |

您會考慮到我講的都發自我的愛。

14　Fechter（Charles Albert, 1824-1879，德國人，名伶，演法文與英文戲劇）：奧賽羅立即站住，好像雷殛了的一樣！他的臉容漸漸轉變，他的眼睛睜得敞開，似乎一層網紗除掉了。Booth：用嘶啞的嗓子，以絕望的神態出之。

15　Fechter：走到奧賽羅背後，湊近他的耳朵講話，彷彿更便於灌注他的毒計似的。Furness摘引一支歌謠〈摩爾人奧賽羅之悲劇〉（作於莎氏本劇成功演出之後，大概在1625年）第十一節的開首幾行，證明莎氏同戲班伶人袞貝琪（Richard Burbage, 1567？-1619）演出這腳色，說這幾句話時正是這樣的，莎士比亞曾親自聽到過。

16　原文作「close as oak」，意為緊密得跟橡木一樣，不可通，雖有Steevens勉強解釋為「緊密得跟橡木的紋理一樣」。有些校訂家疑「oak」為「hawk」（鷂子）之誤，因弄鷹術裡訓練新的鶻鷂是需要縫住眼睛的。

17　Ottley：歧恩（E. Kean）說這幾個字時出之以悲痛的哽噎的叫聲，中人心肺。Fechter：畫一個十字，靠在低背椅子的背上。Booth：強作不關心的樣子，出以戰慄的聲音。

18　Booth：用撫慰的調子。

可是，我看您激動了[19]；我還得請您
莫把我的話引伸到顯見的結論
外面去，也不要擴大得超過了界限，
而僅止於懷疑為止。

奧賽羅　　　　　　　　　　　　我一定不會。

伊耶戈　假使您那樣做，主公，我這話就會
墮入可惡的結局中，我絕無意像
它那樣。凱昔歐是我上好的朋友——
主公，我看您激動了。

奧賽羅　　　　　　　　　　　沒有，不很激動：
我深信玳思狄莫娜玉潔冰清。

伊耶戈　但願她長保如此！長保您這樣想！

奧賽羅　可是，天性怎樣會迷誤失途，——

伊耶戈　果真，問題就在那上頭：譬如說，
跟您隨便談，同她自己在鄉邦、
膚色、門第上相稱的許多起提親，
她都不喜歡，對那些，我們知道，
天性在各方面總該容易接近；
唔！這裡邊就能見到那病態
極嚴重的意嚮，邪惡的不正常，思想
乖戾[20]。可是請原諒；我並不斷言

---

19 Booth：伊耶戈說此時，奧賽羅吞咽掉一聲悲嘆。
20 Booth：奧賽羅怒目相向，拒絕這些。

這一定就是她，雖然我也許恐怕，

她那陣慾念，由她的天良作判斷，

可能會將您同她的鄉邦年少們

相比較，而幸而[21] 自感慚愧。

奧賽羅　　　　　　　　　　　　　　　　再會，

再會[22]：你若是見到更多的事情，

請給我知道；要你的妻子監視著。

離開我，伊耶戈。

伊耶戈　　　　　　　　　　主公，我即此告退[23]。

〔擬退去。〕

奧賽羅　我爲何要結婚？這誠實的相好，沒疑問，

比他所講的要見到、知道得多得多。

伊耶戈　〔回步。〕主公，我但願我能懇請鈞座

莫再多考慮這件事；耐心等著看。

雖然凱昔歐有他的位置很合式，

因爲他盡他的職守極能幹，可是，

21　原文「happily」，Rowe, Pope等大多數十八世紀版本都校改為「haply so」（也許），近代及現代版本則都恢復了舊觀。

22　Fechter：將手一揮，要伊耶戈去，但當他走向門口時又阻止他。Booth：不耐煩地；不能再忍受他在跟前了；說「要你的妻子監視著」的時候，顯得對於他自己示意裡的卑鄙感到很慚愧；說完時倒在椅上。

23　Booth：當你消失時，倏忽的、魔鬼似的勝利的微笑，以及手指頭驟然抓緊，彷彿在擠榨他的心似的（奧賽羅的臉掩蔽在兩手中），在這裡頗為適當，但要做得隱蔽，不可大模大樣。Fechter：伊耶戈假裝要走，但停留在門檻邊，從帷幕開口處睽著奧賽羅。

　　　　　　　假使您高興，且暫時莫給他復職，
　　　　　　　您將藉此看清他以及他的手段[24]；
　　　　　　　請注意您夫人是否堅決相勸
　　　　　　　或殷切央求您恢復他的職位；
　　　　　　　就在那裡邊很有些可觀。同時，
　　　　　　　還得請把我當作無事忙，亂憂疑，——
　　　　　　　因爲我恐怕有充分原因這麼想，——
　　　　　　　且將她當作天真無辜，請鈞座[25]。

奧賽羅　　　莫擔心我的行動[26]。

伊耶戈　　　　　　　　　再一次我告退[27]。　　　下。

奧賽羅　　　這人誠實得不得了，且精研深究，
　　　　　　　懂得人世界行爲的一切情性；
　　　　　　　如果我證實她野性難馭難馴，
　　　　　　　即令她縛腿的皮帶是我的心腱，
　　　　　　　我也將順著風勢扔她入風中，
　　　　　　　叫她去自找命運[28]。也許，爲了我

24　Johnson闡釋原文「means」謂：您將發現是否他以為他的最好手段，他的最有
　　力的利益，是在求您的夫人。

25　Booth：出以懇求的語氣。

26　Gould：J. B. Booth〔老蒲士〕用一個異常獨創而絕妙的姿態顯示這自我控制的
　　用意——舉起的那隻手的食指從上面直接著頭頂。

27　Fechter：他謙謹地引退——以勝利的微笑從背後回頭望著。到門首時聳肩表示
　　鄙夷；然後下場。Booth：伊耶戈一切行動都應當迅捷，只除了在這裡——不
　　做什麼，只以柔和的崇敬的神色慢慢退出：奧賽羅應當以銳利的目光注視著伊
　　耶戈，直等他出去。

膚色黝黎，沒有浮滑子弟們

那種軟綿綿的舉止言談，或者，

爲了我已經墮入年齒的幽谷中——

但那還不算深——所以她完蛋，我受騙；

而我要消除煩惱，唯有痛恨她。

唉喲，結婚的詛咒！但願我們

能叫這些可愛的人兒是我們的，

而不屬於她們那好惡無常。我寧願

做一隻癩蝦蟆，靠地牢的濛氣維生，

也不甘心在心愛的人兒胸中侷居

一隅，讓別人去享用。但這是位重

權高者的苦惱；他們比職小位卑者

更沒有保障；這命運無法逃避，

正好比死亡：我們一有了生命，

就命定要遭受綠頭巾之劫。

> 瞧罷！

她在那裡來了[29]！她如果不真心，啊！

---

28 這幾行內的隱喻係自弄鷹術中借來。Johnson：玩鷂子的人總讓鷂子逆著風飛；假使牠順風飛去，便很少會回來。所以，若是一隻鷂子不拘爲什麼理由不要了，牠就被順著風勢丟入風中，從此牠便轉變生涯，自找命運。

29 Alger在《福萊斯特傳》裡寫道：「福萊斯特講這段話的開始部份所表現的混合激情的爆發是可怕的。他的聲音隨即沈入最動人的情理裡去，顯示出訴怨的悔恨。結束時好像激得他到了厭惡與作嘔的頂點，而當他見玳思狄莫娜前來時，他在瞬息間以恐怖的心情凝視著她。這情緒逝以後，他以前所有的柔情好像又回來了，他當即叫道，『她如果不真心』，云云」。

那上蒼在嘲弄它自己[30]。我絕對不信[31]。

玳思狄莫娜與愛米麗亞上。

玳思狄莫娜 做什麼,親愛的奧賽羅?你的午餐,
以及你邀請島上的貴賓們在等你。

奧賽羅 要怪我不是。

玳思狄莫娜 為什麼你說話這般
沒精打采?可是身子不爽快?

奧賽羅 我前額這裡邊在痛。

玳思狄莫娜 果真,那是為缺了睡;這就不會疼:
讓我來綁緊著,不消一小時就會好。

奧賽羅 你的手絹太小了:

〔將手帕拉去;帕墮地。〕

讓它去,來罷,
我跟你一塊兒進去。

玳思狄莫娜 你覺得不舒服,
我很難受。 〔奧賽羅與玳思狄莫娜同下。〕

愛米麗亞 我找到這帕子,很高興;

---

30 Malone:使它自己的辛勞變成白費,形成玳思狄莫娜這樣美麗的一個生靈,而
任她形容上的高雅被她心地上的骯髒所玷辱,所汙損。Steevens:假使她不真
心,上天按它自己的形象創造女人便汙辱了它自己。為使那相像完美無疵,她
應當既有修德,又有美貌。

31 Coleridge讚這一行半道:神靈光耀!純潔無辜與守護吉神的感應使然!Booth:
我在這裡敲我的前額,彷彿要殺死這惡魔似的思想。玳思狄莫娜與愛米麗亞上
場以後,後者最好退避至一旁,因為她的主人與主婦在相見。而且她再次上場
來時撿到那條手帕,也比較偷到它來得好。

這是摩爾人贈她的第一件紀念物；
我那任性的丈夫要我偷走它
總不下上百次，可是她這麼愛這件
信物，因爲他懇請她永遠留存著，
所以她經常保持在身邊，吻著它，
對它儘說話，我要把花樣[32] 描出來，
交給伊耶戈；
他將把它怎麼樣，上天纔知道，
我不知；不管它，我只滿足他的怪想。

　　　　　　　　　　伊耶戈上。

伊耶戈	什麼事？你獨自在此做什麼？
愛米麗亞	休跟我吵嘴；我有件東西給你。
伊耶戈	有東西給我？是件平常東西——
愛米麗亞	嚇！
伊耶戈	有了個傻老婆。
愛米麗亞	噢！只是那樣嗎？你給我什麼， 交換我那塊手帕？
伊耶戈	什麼手帕？
愛米麗亞	什麼手帕！ 哎也，摩爾人早先給玳思狄莫娜的： 你曾經屢次三番叫我偷的那一方。
伊耶戈	你從她那兒偷來了嗎？

32　刺繡的花樣。

愛米麗亞	沒有，老實說；她大意掉在地上， 機會湊巧，我在這裡撿到了。 你瞧，這就是。
伊耶戈	親妹子；把它給了我[33]。
愛米麗亞	你要把它怎麼樣，這般急切， 要我把它偷？
伊耶戈	哎也，〔搶到手。〕[34] 那關你什麼事？
愛米麗亞	若是不為了太重要的正事，還給我； 可憐的娘娘！她發現失掉會急壞。
伊耶戈	別承認知道它；我對它自有用處。 去罷，離開我。　　　　　　愛米麗亞下。 這手帕我要丟在凱昔歐寓所裡， 讓他找到它；輕得像空氣的瑣屑事， 對於嫉妒者是堅強不易的佐證， 賽如聖經裡的論據；這也許有用處。 摩爾人中了我的毒，已經在改變： 危險的想法，就它們的性質來說， 是毒藥，它們起初並不難上口， 但只須稍稍在血裡起了點作用， 便會燃燒得像硫磺礦坑。我說過

33　Booth：急切地攫取。

34　一些現代版本都從Rowe的十八世紀初年本加此導演辭。Booth：「哎也──」時神秘地停頓一下，彷彿要給她一個奇怪的理由似的。隨即搶到手，說「那關你什麼事？」

這麼樣：瞧罷！他在那裡來了！

奥賽羅上[35]。

罌粟花已不能，曼陀羅也不能，世間
一切催眠的糖漿也不能，使你
再有昨天的安睡。

奥賽羅　　　　　　　　嘻嘻！跟我
不真誠？

伊耶戈　　　　哎也，什麼事，將軍？別那樣。

奥賽羅　去你的！走開！你將我架上了拷問檯；
我起誓，對我大大過不去也勝如
只給知道一點兒。

伊耶戈　　　　　　你有什麼事，主公？

奥賽羅　我以前有什麼她偷偷淫濫的知覺？
我不見，不想，那事情不傷我的心；
第二夜我睡得很好，沒心事，很快樂；
在她嘴唇上我不見凱昔歐親的吻；
被盜者不曾缺少他失竊的東西，
不叫他知道，他就不曾被盜竊。

伊耶戈　聽你說我感到惋惜。

奥賽羅　我本來很愉快，即令是全軍上下[36]，
工兵們也在內，都嚐到她可愛的肉體，

---

35 Booth：奥賽羅上場來時唉聲嘆氣。

36 Gould：我們可以想像這位溫婉的淑媛對她的賓客們的無邪的款待激怒了她的
　　丈夫，所以他突然離開了他們，重復回到這裡來，跟伊耶戈來傾吐衷腸。

　　　　　　只要我不知道。噯喲！但如今，永遠
　　　　　　告別了，那羽冠的軍兵隊伍，使壯志
　　　　　　雄心變美德的那大戰！噯喲，告別了！
　　　　　　告別了，那鳴嘶的雄駿，那高亢的號角，
　　　　　　那激發勇武的戰鼓，那刺耳的軍笛，
　　　　　　那莊嚴的旗纛，那英名赫赫的戰陣
　　　　　　所奄有的一切雄奇[37]、鼎盛、輝煌
　　　　　　與威武[38]！還有你們，啊，大礮們，
　　　　　　你們那粗豪的喉嚨，模倣著天王
　　　　　　喬昕那可怕的闐闐雷震，告別了！
　　　　　　奧賽羅的事業就此完結！

伊耶戈　　這可能嗎？主公？

奧賽羅　　壞蛋，你肯定得證明我心愛的人兒[39]

37　原意為「特徵、……與情景」，在譯文裡跟「鼎盛、輝煌」並列，效果不好，只得大膽竄改如上。

38　同前註。

39　Maginn：我們可以看到他還在稱她為他的「心愛的人兒」，雖然他的懷疑已被激發得如此猛烈。這是她死前他最後一次這樣稱呼她。在她的罪惡他以為已被證明之後，他不復對她有一個字的愛惜。從此以後，她便是個判決了的罪犯，供他的正義感作犧牲。Lewes：歧恩（Edmuund Kean, 1787-1833，英國悲劇名伶）體格上的適切，限制他表現僅僅悲劇性的情感；對於這個，他的天賦是異常弘博的。體形素小而不足道，他有時由於獅子似的舉止裡的力量與優美，卻能變得深深動人心魄。我記得最後一次看他演奧賽羅，他在麥克里代（William C. Macready, 1793-1873，英國悲劇名伶）之旁顯得多麼弱小，可是到了第三幕裡，那時候，被伊耶戈的嘲弄與諷示所聳動，他用那痛風的蹣跚步子向他前進，揪住了他的喉嚨，在那陣有名的爆發「壞蛋！你肯定得證明」云云裡，他顯得身軀高大了起來，使麥克里代似乎矮小了。那晚上，當痛風使他難於顯露出他

　　　　　是一個婊子，你肯定；給我看見證；
　　　　　否則，憑我這不死的精魂的英氣，
　　　　　你不如生來就是條狗子，可休想
　　　　　受得了我憤發的暴怒。

伊耶戈　　　　　　　　　　　　　　到了這地步嗎？

奧賽羅　　讓我眼看到這件事；或者，至少，
　　　　　證明它，還得使證據不模稜，沒漏洞，
　　　　　無可懷疑；否則，大禍來要你的命！

伊耶戈　　尊貴的主公，——

奧賽羅　　你如果誹謗了她，又煎熬了我，
　　　　　便永遠莫再去禱告；千萬休要想
　　　　　懊悔；在恐怖的頂巔上堆上了恐怖；
　　　　　幹了使上天哭泣，使人間詫駭的勾當；
　　　　　因為你加給我永遠打入地獄
　　　　　不超生的苦難，不能比那麼幹更其兇。

伊耶戈　　噯喲，主恩！啊也，上天饒恕我！
　　　　　您可是個人？您可有靈魂或理性？

所慣常有的優美來，當一陣醉酒的沙啞已經破壞了那曾經是無比的嗓音的時候，那不可抗拒的悲憤，——是雄強的，不是淚眼婆婆的，——在他的音調裡震盪著，在他的神情姿態中表現出來，使得場子裡有些老人把頭倚在臂腕上而抽噎起來。整個說來，人們得承認，那是場有好有壞的演出，……；但它被這樣一陣陣的閃光照耀著，我願意再冒折斷肋骨之險為搶得池子裡的一個好座的機會，再去看類似這樣的演出。Booth：和以前一樣，用抑制著的強烈，聲音不太響，漸漸加大，等到了「你如果誹謗了她」，——那時候奧賽羅的暴怒的全力在劇烈的聲調裡爆發出來，他就抓住了伊耶戈，而伊耶戈則畏縮而惶恐。

　　　　　　　上帝保佑您；收回我的位置。唉也，
　　　　　　　可悲的獃子！你生來把你的誠實
　　　　　　　變成了一椿罪孽。咳哪，這世界
　　　　　　　好不駭人！記著，記著，啊唷，
　　　　　　　你們大家！誠懇老實了，不安全。
　　　　　　　多謝你給我這教訓，從今往後，
　　　　　　　我不再愛朋友，既然愛了會招致
　　　　　　　惱怒。

奧賽羅　　　　　　　不對，住口；你應當誠實。

伊耶戈　　我應當聰明；因為誠實是獃子，
　　　　　　　它一心為友情，倒反把友情丟失。

奧賽羅　　憑這個世界，我想我妻子貞潔，
　　　　　　　不想她不貞潔；我想你正直可靠，
　　　　　　　又想你不那麼。我得要有點證據。
　　　　　　　我的[40] 清名，以前跟貞月的清輝

40　各版對開本與初版四開本作「My」（我的），二、三版四開本作「Her」（她
　　的），通行的現代版本大多從後者。Knight認為「我的」遠較「她的」為優，
　　因為與奧賽羅的性格完全契合。正是他的強烈的榮譽感，Knight說，使他妻子
　　的被信為確有其事的非行對於他顯得這樣可怕。這不是玳思狄莫娜的名聲被玷
　　污而變黑了，而是他自己的名聲被敗壞了。這一個想法，這裡第一次顯露，充
　　塞著劇本的整個的以後部份；而當我們瞭解到奧賽羅的心神怎樣深中潛毒的時
　　候，我們在心理上已充份準備好完全相信他，當他最後說「因為我所恨非別，
　　只是為榮譽」。Dyce說後面「mine own face」（我自己的臉色）裡「自己」一
　　詞即足以證明Knight持論之無稽，「她的」是真正的原文，而「我的」為印誤。
　　但譯者覺得不論前面是「我的」或「她的」，後面的「自己」一詞若僅從嚴格
　　的意義上說，都可有可無，是不甚需要的，其所以有在那裡多半是音步與節奏

一般皎潔，如今玷汙了，已發黑，

如同我自己的臉色。只要有繩子

或短刀，有毒藥、火焰或窒息的水流，

我決不能容忍。我但願弄一個明白！

伊耶戈　　我見到，鈞座，您情緒激動得厲害。

我後悔我把這事情告訴了您。

您願意弄一個明白？

奧賽羅　　　　　　　　願意！不是，

我準要。

伊耶戈　　　　　也可以；但怎樣？怎樣弄明白，

主公？您要站在一旁，獸獸地

張著嘴，眼瞪瞪瞧她給爬在身上？

奧賽羅　　該死，叫打入阿鼻地獄！噁[41]！

伊耶戈　　要使他們幹出那樣兒，我想，

上的關係，雖然附帶著也加重了一點「我」字的意義；至於說「我的」與後面的「自己」稍有牴觸，倒毋寧說「她的」與「自己」有更大的牴觸。因此，我相信「我的清名」為作者的原文，「她的清名」是後人的修改。

41 Hazlitt（Hawkins的《藹特孟‧歧恩傳》，1869）：歧恩是偉大的，正如我們所期待於他的那樣，──驚人地偉大。在第三幕裡他讓他自己在激情的海洋上迴盪，在黑暗裡暴風雨中馳驟，像一隻被捨棄了的小帆船。他心頭的慘怛是火烈的摩爾人的慘怛，不拘謹束縛於一個伶人或一個煩瑣學者的胸臆之間，而是猛烈的、難於制御的、危險的。你不知道在他精神的瘋狂裡下一步他將做什麼，──他自己也不知道他應當做什麼。歧恩所作的最出神的瞬間舉動之一是用他的一隻黑手慢慢地圍著他的頭抓扯攏來，彷彿他的精神在錯亂似的，然後把身體扭轉過去，站在呆木的慘怛中，背對著觀眾，──什麼別的演員會這麼樣忘懷他自己呢？

真是件難事；那麼，咒他們入地獄，
只要是人的眼睛瞧見了他們
摟抱在一起！那時節，什麼？怎麼樣？
我要說什麼？那裡去弄得明白？
您要親眼看到這件事不可能，
即令他們淫濫得像春天的山羊，
火熱得像猴子，浪得像性發的狼，
而且還傻得像醉酒的白癡；可是，
我說，假使有一個有堅強的情況
證據的說法，——那會直接引您到
真實的門上，——能使您把這事弄明白，
那您就能夠有它。

奧賽羅　　　　　　　給我個真切
不虛的理由[42]，為什麼她對我不貞。

伊耶戈　我不愛這差使；
但是我既已這般深入這事件中，
被愚魯的誠實與敬愛所刺激前進，
我便得繼續進行。我跟凱昔歐
近來同寢榻；為因牙齒痛得兇，
我不能入睡。
這世間有一種相好，心神鬆懈，

---

42 據Malone的疏解，「a living reason」是個憑事實與經驗，非出於猜度或推測的
理由。

會在睡夢裡喃喃談他們的心事；

凱昔歐就是這類人。

我聽他說夢話，「親愛的苡思狄莫娜，

讓我們小心遮蓋住我們的情愛！」

然後，鈎上，他抓住我的手使勁擠[43]，

叫道，「啊也，心愛的人兒！」拚命吻，

好像他在把吻兒連根拔起來，

而它們是生在我嘴唇上；還又把腿子

壓在我大腿上，歎息著，親著嘴；又叫道，

「該詛咒的命運，把你給了那摩爾人！」

奧賽羅	啊唷，駭人聽聞！駭人聽聞！
伊耶戈	不然，這只是他的夢。
奧賽羅	但這卻顯示

早先曾有過這樣的經過：這是個

不好的猜疑，雖然它只是一個夢。

| 伊耶戈 | 這又能幫著加重其他的證據， |

沒有它，它們證明得不夠充分。

| 奧賽羅 | 我準要把她撕得粉碎[44]。 |
| 伊耶戈 | 　　　　　不要， |

還得聰明些；我們還未見實事；

---

43 Booth：執著奧賽羅的手，奧賽羅厭惡地將手掙脫。

44 Booth：這裡你可以讓這蠻子發洩一下，——但只一瞬間；當奧賽羅在下面講話時，他又安靜了下來，說得很悲傷。伊耶戈此刻抓住且拉住了他，當他要衝出去「把她撕得粉碎」的時候。

　　　　　　　她也許還貞潔。只要告訴我這件事：
　　　　　　　您可是未曾見到過有一塊手帕，
　　　　　　　刺繡著草莓，在您的夫人手中？

奧賽羅　　　那是我給她的；是我的第一件禮物。

伊耶戈　　　我不知那件事；但這樣一塊手帕——
　　　　　　　我相信那是您夫人的——我今天見到
　　　　　　　凱昔歐在抹鬚髯。

奧賽羅　　　　　　　　　如果是那個，——

伊耶戈　　　如果是那個，或是她別的什麼，
　　　　　　　那就跟旁的證據總對於她不利。

奧賽羅　　　啊！但願那奴才有四萬條命；
　　　　　　　一條太渺小，太輕微，不夠我報復。
　　　　　　　如今我見到這件事千真萬確。
　　　　　　　瞧這裡，伊耶戈；我把我全部的癡愛
　　　　　　　吹上天：它完了。
　　　　　　　惡毒的報復，從深凹的地獄裡上升吧！
　　　　　　　唉也，愛情呀！放棄掉你那頂冠冕
　　　　　　　與我心中的寶座，退讓給無情的讎恨。
　　　　　　　膨脹罷，胸懷，同你的內蘊一起脹，
　　　　　　　因為那是毒蛇舌頭上的劇毒！

伊耶戈　　　莫傷心。

奧賽羅　　　　　　唔！血，血，血！

伊耶戈　　　鎮靜，我說；您心情也許會變動。

奧賽羅	永遠不會，伊耶戈。好比邦的海[45]，
	與赫勒斯邦海峽[46]，同樣，我滿銜
	血仇的思想，跨著強勁的步子，
	將永不返顧，永不向柔和的情愛
	退潮，要直到寬闊廣大的報復
	把它們吞噬掉。　　　　　　〔跪下。〕[47]
	憑那大理石的雲天[48]，
	現在，對神聖的誓言盡應有的誠敬，
	我在此保證我的言辭。
伊耶戈	且莫起身。　　　跪下。
	請你們作證，永遠燃燒著的日月
	星辰！還有你們，圍抱在我們
	周遭的大氣！證照伊耶戈在此
	奉獻他的智慧、力量、心神的運用，
	爲受害的奧賽羅效勞！讓他發命令，

---

45 The Pontic sea，即古 Pontus Euxinus，今名黑海。The Propontic，現名 Sea of Marmora（瑪摩拉海）。The Hellespont，現名 the Dardanelles（達達尼爾海峽）。

46 同前註。

47 Booth：跪下。兩手放在頭上，手心向上，手指向後。我衝動地作此姿勢，最初是在英國，有人說這使人聯想起東方。伊耶戈從側邊斜視，當奧賽羅講下一句話時凝注著他；同時，奧賽羅顯得心不旁騖，眼睛向上。以 Rowe 爲首的十八世紀學者們最初加此導演辭於他們的版本上，是在一行半以後（在「對神聖的誓言盡應有的誠敬」處）；現代版本將它移前至此。

48 原文「marble heaven」（大理石的天）。Furness 論定爲以大理石形容天是講天有大理石的顏色、光彩與紋理，不是比作它的結構或質地。

服從他將是莊嚴的責任[49]，即令要

流血也不去顧及。　　　　　　　〔彼等起立。〕

奧賽羅　　　　　　　　　　我歡迎你的愛，

不用空虛的申謝，而是以友情

滿腔來嘉納，而且立刻要求你

去做這件事：就在這三天之內

讓我聽你說凱昔歐已不在人世[50]。

伊耶戈　　我朋友是死了；那是應您的要求；

但讓她活著。

奧賽羅　　　　　　　　叫她進地獄，淫婦！

啊，叫她進地獄[51]！來罷，單跟我

一起去；我要去替我自己張羅個

叫這漂亮的惡魔快死的法子。

你如今是我的副將了。

伊耶戈　　我永遠是您的忠僕。　　　　　　同下。

49　原文「remorse」在這裡解釋困難，引起了兩個多世紀的學者們的猜測校改與煞
　　費苦心的疏解。譯文從Onions的《莎士比亞語彙》。

50　Booth：伊耶戈當然是震驚了，當他站起來時稍稍戰慄著。「但讓她活著」，
　　他說時出之以懇求的聲調。

51　Booth：在這裡逸出一次原文的範圍，「叫她進地獄」四次；第一次兇暴，第
　　二次輕一點，第三次軟化了，第四次淚流而氣塞；瞬刻的停頓——隨即恢復而
　　「來罷，跟我一起去」，云云。伊耶戈表現出深憂，直等到「你如今是我的副
　　將了」，當即很快地跪下來，吻奧賽羅的手，臉上現勝利的笑容。

第四景

　　　〔堡壘前。〕
　　玳思狄莫娜、愛米麗亞與小丑[52] 上。

玳思狄莫娜	你知道嗎，小子，副將軍凱昔歐躺在那裡？
小丑	我不敢說他呆[53] 在那裡。
玳思狄莫娜	為什麼，人兒？
小丑	他是個軍人；說一個軍人是個呆子，那是出口傷他。
玳思狄莫娜	得了；他住在那裡？
小丑	告訴你他住在那裡是告訴你我呆在那裡。
玳思狄莫娜	還跟你糾纏得清楚嗎？
小丑	我不知道他住在那裡，若是我想出一個去處來，而說他躺在這裡或躺在那裡，那是我在撒謊胡說。
玳思狄莫娜	你能將他打聽出來，從傳聞裡得到著落嗎？
小丑	我要對人家使用問答法；那是說，我去問人家，要

52　在現代舞台上，小丑在這裡總不出場，玳思狄莫娜同他的這段對話總被刪去。
　　Douce：他在全劇中只出現了兩次，作者定然是將他作為奧賽羅與玳思狄莫娜
　　的家庭優孟或頑童。

53　原文「lie」，玳思狄莫娜用意是「居住」，小丑的用意是「撒謊」，他這陣打
　　諢就利用這雙關。莎氏的同代劇作家都喜歡在這個字上玩這花樣，其實沒多大
　　意思，不過為提供語言遊戲給池子裡站著的觀眾也有其需要。

	人家回答。
玳思狄莫娜	找到他，叫他到這兒來；告訴他我替他勸轉了我官人，希望沒事了。
小丑	做這個是在人的機靈範圍以內的，所以我會去試著做。　　　　　　　　　　　　〔小丑下。〕
玳思狄莫娜	我在那裡丟失這手絹的，愛米麗亞？
愛米麗亞	我不知道，娘娘[54]。
玳思狄莫娜	信我的話，我寧願失掉那滿裝著 葡萄牙洋錢[55] 的荷包；若不是我官人 心腸真實，不似那拈酸吃醋的， 肚子裡卑鄙，這會引起他的壞念頭。
愛米麗亞	他不會妒忌嗎？
玳思狄莫娜	誰？他？我想 他家鄉的太陽照得旺，會從他身上 把這樣的體液全都吸走。
愛米麗亞	瞧！

54　Hudson：有人不以愛米麗亞在這一景裡的行動為然，認為跟她後來所顯示的精神不相符合。我不能發現有這樣的矛盾。缺乏原則與依戀不捨之情是往往像這般顯得結合著的。愛米麗亞深愛著她的女主人，但是她對偷竊與說謊沒有道德上的反感，從摩爾人的激情上不感覺到會有致命的後果，而且沒有靈魂去設想她主母被責為不貞時定將感受到的那慘痛；所以當結果到來時，記起了那過程中她自己的罪惡部份，她應當振奮不安，那樣才顯得自然。Booth：愛米麗亞說此時稍露窘態。

55　Grey：「cruzadoes」為葡萄牙錢幣，值三先令。Fechter：玳思狄莫娜在這裡翻檢她的針線籃子，尋找她那條手帕。

他在那裡來了。

玳思狄莫娜　　　　　　　凱昔歐給叫來之前，
我將不離他左右[56]。

　　　　　　　　奧賽羅上。

　　　　　　　你怎樣，官人？

奧賽羅　很好，親愛的娘子。〔旁白〕唉，假裝
真是件難事！──你好嗎，玳思狄莫娜？

玳思狄莫娜　很好，親愛的官人[57]。

奧賽羅　　　　　　　　把手給我。
你這手是潮的，娘子。

玳思狄莫娜　　　　　　　它還沒感到
歲月，也不知憂愁[58]。

奧賽羅　　　　　　　　這顯示大度
與心胸放浪；很熱，很熱，潮的[59]；
你這隻手兒需要跟自由隔離，
持餓齋與禱告，充分的清修苦戒，

56　Fechter：當奧賽羅在平壇上出現時，愛米麗亞從右邊下場。他目注著她們一會
　　兒；然後走下來，直向她翻亂她針線籃處走去，狐疑地望著那裡；他說話時抑
　　制著怒意。Booth：奧賽羅走過了玳思狄莫娜時纔對她說話，他隨即忽然從冷
　　漠的語調與情態裡轉入悲傷中。

57　Fechter：兩手搭在奧賽羅肩上，鉤住了，調逗著；奧賽羅將她的手鬆下來，握
　　著她一隻手。

58　Booth：她說到「憂愁」時，他焦慮地注視著她的眼睛，然後歎息著說下面一
　　段話。

59　Booth：看著它的紋路，像在相手紋似的。

　　　　　　　　虔誠的禮拜；因爲這是個後生
　　　　　　　　而流汗的魔鬼，它老是圖謀不軌。
　　　　　　　　這是隻好手，開誠坦率。

玳思狄莫娜　　　　　　　　　　果真，
　　　　　　　　你能這麼說；就是它給了你我的心。

奧賽羅　　　一隻寬弘的手；舊時候，心與了
　　　　　　　　纔聯手爲證，但我們新的紋章學
　　　　　　　　只顧聯了手，心裡卻未曾相與得[60]。

玳思狄莫娜　這個我說不上來。來罷，你答應的。

奧賽羅　　　答應什麼，小雞兒？

玳思狄莫娜　我差人去叫了凱昔歐來對你打話。

奧賽羅　　　我傷風眼淚鼻涕感到難受。
　　　　　　　　你把手帕借給我。

玳思狄莫娜　　　　　　　這裡，官人。

奧賽羅　　　我給你的那條。

玳思狄莫娜　　　　　　不在我手邊。

奧賽羅　　　　　　　　　　　不在？

玳思狄莫娜　的確不在，官人。

奧賽羅　　　　　　　那就不好了。
　　　　　　　　那一條手帕[61]

60　原文這裡一行半引起了學者們一大堆想入非非的猜測。譯文從Malone註。「紋章學」是比喻的說法，奧賽羅故意講得隱晦，使玳思狄莫娜聽不懂，實際上是指「我們新時代的結婚」。

61　Booth：這手帕的整段描寫應當用一陣濃烈的、殷切的神秘氣氛敘述。玳思狄

　　　　　　是個埃及人給我母親的；她是個
　　　　　　女巫師，幾乎能看透人們的思想；
　　　　　　她告她，她保有在手裡，那能夠使她
　　　　　　顯得可愛，完全降服我父親
　　　　　　愛著她，但她若失掉或送給了人，
　　　　　　我父親的眼睛將會厭惡她，他心情
　　　　　　將會去追求新的愛。她臨死給了我；
　　　　　　叫我當我的命運要我娶妻時，
　　　　　　就把它送給她。我便這麼辦：你得要
　　　　　　小心；寶愛它，如同你珍愛的眼睛；
　　　　　　遺失或送人將會是這樣的災禍，
　　　　　　沒別的可以比擬。

玳思狄莫娜　　　　　　　　這難道可能嗎？

奧賽羅　　　這是確實的；在它絲縷裡有法術；
　　　　　　一個女先知，她在這世上計數過
　　　　　　太陽走了兩百圈，她縫製這件活
　　　　　　乃在她預言的狂熱中；紡製這絹帕，
　　　　　　那抽絲的蠶兒也是供神用的，爲把它
　　　　　　染色，巧手靈師把處女的心兒
　　　　　　特製了藥漿液。

玳思狄莫娜　　　　　　　　當真，這是真的嗎？

奧賽羅　　　千真萬確；因此上，你得要當心。

　莫娜應當聽得驚奇而說話像一個驚恐的孩子。

玳思狄莫娜　我但願上天從未給我見過它[62]！

奧賽羅　嘻！為什麼？

玳思狄莫娜　　　　　　你為何說得這般
突然而急迫？

奧賽羅　　　　　　丟掉了？沒有了？說呀，
那可是失落了？

玳思狄莫娜　　　　　　上天保佑我們！

奧賽羅　你說？

玳思狄莫娜　　　不曾失掉　但丟了又怎樣？

奧賽羅　怎麼樣！

玳思狄莫娜　我說沒有失掉。

奧賽羅　　　　　　拿來，給我看。

玳思狄莫娜　哎也，我能那麼辦，官人，但現在
我可不。這是耍花樣，規避我的懇請：

62　Mrs. Jameson：玳思狄莫娜的溫順易信、她對於怪異見聞的癖好、她那容易動
情的想像，當初便將她的思想與戀愛導向了奧賽羅身上；她正是這樣一個女
子，聽到了這樣一個故事會嚇得喪魂失魄，且會被她的恐懼陷入一個暫時的搪
塞裡去。在欽昔喔（Giraldi Cinthio）的義大利文原故事裡，這手帕不是像在這
劇本裡這樣被玳思狄莫娜無意間丟失的，而是經伊耶戈利用他的三歲的女兒從
她身上偷來的，當她，很愛這孩子，抱著她的時候。那情形顯得伊耶戈的惡魔
性格更加可怕。Furness指出有些批評家指責玳思狄莫娜在這裡撒了個謊，說應
當感謝Mrs. Jameson用這「搪塞」一辭：雖然玳思狄莫娜自己說「我在那裡丟
失這手帕的？」她並不相信已真正遺失而不可復得；那只是放忘記在什麼地
方，再找一下就會發現。假使她不是嚇到了，她也許會把這件事告訴奧賽羅（那
我們就不會有這悲劇，那倒是個安慰），但就事論事，我想在她靈魂裡她是相
信她在講真話的。

　　　　　　　　請讓凱昔歐再來跟你相見罷。

奧賽羅　　　　把手帕拿來給我[63]；我心裡在害怕。

玳思狄莫娜　　來罷，來罷；

　　　　　　　你決不會碰到一個更能幹的人了。

奧賽羅　　　　那手帕！

玳思狄莫娜　　　　　我請你，跟我談起凱昔歐。

奧賽羅　　　　那手帕！

玳思狄莫娜　　　　　一個人經常把他的好運

　　　　　　　寄託在你的厚愛上，和你同艱險，——

奧賽羅　　　　那手帕！

玳思狄莫娜　　　　　實在要怪你不是了。

奧賽羅　　　　　　　　　　　　　　　　走開

　　　　　　　　　　　　　　　　奧賽羅下。

愛米麗亞　　　這人不妒忌嗎？

玳思狄莫娜　　我在以前從未見過這樣子。

　　　　　　　定然，這塊手帕是有點蹊蹺；

　　　　　　　我將它丟失了，心裡好生難受。

愛米麗亞　　　不是一兩年能顯出一個人怎麼樣；

　　　　　　　他們都只是一隻隻的胃，而我們

　　　　　　　都只是食品；他們吃我們狼吞

　　　　　　　虎嚥，吃飽了就嘔吐。你瞧，凱昔歐

63　從這裡到奧賽羅下場，Booth覺得極難演，不是會演得太久，便是會演得太暴，
　　他自己從未演好過。

和我的丈夫。

伊耶戈與凱昔歐上。

伊耶戈　沒有其他的方法；一定得她去辦；
看啊！運氣真好：上前去懇求她。

玳思狄莫娜　什麼事，親愛的凱昔歐？你們有什麼消息？

凱昔歐　夫人，還是我以前的懇求；我求您，
經由您賢德的轉圜，我可以重新
生活著，做他愛寵下的一員，那愛寵，
我全心全意地尊崇；我不願再遲延。
倘使我的罪衍有那麼不可救藥，
以致我過去的勞役，如今的悔恨，
將來的一心去求得功績，都不能
為我贖罪，重復獲得他的垂青，
只要知道是這樣也對我有益；
那就可以勉強去自行滿足，
限制自己另外走其他的路，
去營求命運捨慈悲。

玳思狄莫娜　　　　　　唉也，十分
善良的凱昔歐！我如今的懇請不對頭；
我官人不是我官人；我不會認識他，
假如他外貌改變得同性情那麼樣。
讓每個神聖的天使幫我忙，我已經
竭盡了我的能力替您說過話，
且為了我替您開懷關說，曾站在

　　　　　　　他不快的靶心中。您得暫且耐著些；
　　　　　　　我所能做的我會做，且會做更多
　　　　　　　我所不敢替自己做的事：我替您
　　　　　　　說的話這就夠多了。

伊耶戈　　　　　　　　　　　主公生氣了罷？

愛米麗亞　　他剛纔離開，確是異樣地激動。

伊耶戈　　　他動怒了罷　我看到那尊大礮，
　　　　　　　當它把一排士兵轟入半空中，
　　　　　　　好比是魔鬼，把將軍自己的弟兄
　　　　　　　從他臂腕上轟走；他動怒了罷？
　　　　　　　那就有重要事情了；我要去見他；
　　　　　　　這裡頭果真有事情，若是他發怒。

玳思狄莫娜　請你看他去罷。〔伊耶戈下。〕一定是邦國事，
　　　　　　　發自威尼斯，或什麼未顯露的陰謀，
　　　　　　　在這裡塞浦路斯呈一點端倪，
　　　　　　　混濁了他澄淨的心智；在這般情形裡，
　　　　　　　人們的天性跟次要的情事吵鬧，
　　　　　　　雖然他們想到的是大事。是這樣；
　　　　　　　因為只要我們的手指痛，它使得
　　　　　　　其他的肢體也能感覺到那陣痛。
　　　　　　　不光這，我們該想到人不是天神，
　　　　　　　也不應對他們要求適於燕爾
　　　　　　　新婚時的相敬。我真該死，愛米麗亞，

　　　　　　　我是個不公道的戰士[64]，我剛纔正在
　　　　　　　同我的靈魂去傳訊他對我的不溫存；
　　　　　　　但此刻我發現我是串同了偽證，
　　　　　　　他卻遭到了誣告。

愛米麗亞　　　求上天，但願這是邦國事，正如您
　　　　　　　所想的，而不是壞念頭，或者有關您、
　　　　　　　妒忌的妄想。

玳思狄莫娜　　可憐見的！我從未給他過原由。

愛米麗亞　　　但妒忌的靈魂這樣去回答它們
　　　　　　　可不行，它們從不會為原由而妒忌，
　　　　　　　而只是為妒忌而妒忌；這是頭妖怪，
　　　　　　　它自己生殖，又自己生產。

玳思狄莫娜　　　　　　　　　　　　　　求上天，
　　　　　　　叫那頭妖怪莫進奧賽羅的頭腦！

愛米麗亞　　　娘娘，心願這樣。

玳思狄莫娜　　我要去找他。凱昔歐，在此散著步；
　　　　　　　我若是發現他心情能接受，我將會
　　　　　　　提出您的懇請，竭盡能力作成它。

凱昔歐　　　　我謹謝您，夫人。　　玳思狄莫娜與愛米麗亞同下。

64　奧賽羅初到塞浦路斯來第一次和她見面時稱呼她為「嬌好的戰士」(fair warrior)
　　（見二幕一景一百八十餘行處），這裡她稱呼自己為「unhandsome warrior」，
　　可說用意雙關，一方面是說她自己不俊俏嬌美，是在謙虛，另方面責備她自己
　　不公道、不寬厚，是在恕宥他對她的粗暴，因「unhandsome」同時含有這兩層
　　意義。Johnson釋為「不公平的攻擊者」。

　　　　　　　　碧盎佳上。

碧盎佳　保佑你，朋友凱昔歐！

凱昔歐　　　　　　　　　有什麼事出門來？
　　你身體怎樣，我的美人兒碧盎佳？
　　果真，親愛的心上人，我要到你家去。

碧盎佳　我正要到你住所去看你，凱昔歐。
　　什麼！一星期[65] 不來？七天又七夜？
　　八個二十，又加八小時？意中人
　　別離的鐘點，那要比日晷上八個
　　二十圈還難受？噯呀，焦心的計算！

凱昔歐　原諒我，碧盎佳，我現在心事如鉛，
　　但我將在一個繼續不斷的時間裡，
　　還清這別離的舊欠。親愛的碧盎佳，
　　　　　　　〔予以玳思狄莫娜之手帕。〕
　　替我把這花樣落下來。

碧盎佳　　　　　　　　啊唷，凱昔歐！
　　打那兒來的？這是個新好的信物；
　　如今我感到那別離苦味的原因；
　　到了這地步嗎？很好，很好。

凱昔歐　　　　　　　　　得了，
　　姑娘！把你那討厭的猜想扔進

---

65 Hudson：這顯得似乎凱昔歐被革職以來，至少七天已經過去；也許還多得多，
　　由於那些「似鉛的心事」可能被玳思狄莫娜答應從中說項的思想所推遲而晚發
　　生了一些時候，而這陣出於意外的遷延卻把它們帶來了。

　　　　　　魔鬼嘴裡去，你撿來原是從他那裡。
　　　　　　你此刻在吃醋，以爲這是從什麼
　　　　　　情婦手中來，是什麼紀念品；不對，
　　　　　　說真話，碧盎佳。

碧盎佳　　　　　　　　　　哎也，這可是誰的？

凱昔歐　　不知道，心愛的；我在我房間裡撿到。
　　　　　　我喜歡這花樣；在它給要回去之前，——
　　　　　　那個極可能，——我要把花樣落下來；
　　　　　　收著，替我落；暫且離了我去罷。

碧盎佳　　離開你！爲什麼？

凱昔歐　　我在此侍候著將軍；我認爲他見我
　　　　　　跟一個婦人在一起，既不大體面，
　　　　　　也不合我的意。

碧盎佳　　　　　　　　爲什麼，倒要請問你。

凱昔歐　　不是爲了我不愛你。

碧盎佳　　　　　　　　爲了你愛我不。
　　　　　　請你且伴我走一段路兒，跟我說
　　　　　　我能否今晚準見到你。

凱昔歐　　　　　　　　　我只能伴你
　　　　　　走不遠，因爲我在此等候著；但不久
　　　　　　我會來看你。

碧盎佳　　　　　　很好；我得將就這情勢。

　　　　　　　　　　　　　　　　　同下。

第四幕

第 四 幕

第一景

〔堡壘前。〕
奧賽羅與伊耶戈上。

伊耶戈　　您會這樣想？

奧賽羅　　　　　　這樣想，伊耶戈！

伊耶戈　　　　　　　　　　　　什麼！

私下裡親嘴？

奧賽羅　　　　　一個不同意的接吻。

伊耶戈　　或光著身子跟她的朋友在床上

一點來鐘，不想幹什麼壞事？

奧賽羅　　光身在床上，伊耶戈，而不想幹壞事！

這是對魔鬼裝假作歹[1]：他們

1　Johnson：這是說，裝著假去欺騙魔鬼。普通的偽善者們假裝著一副道德的外貌

　　　用意如果是純潔的，而那麼做了，
　　　魔鬼就試探他們的德性，而他們
　　　則試探了上帝[2]。

伊耶戈　　　　　　　　他們若不幹什麼，
　　　那是個可原諒的疏誤；但若是我給
　　　我妻子一塊手帕，——

奧賽羅　　　　　　　　　那便怎麼樣？

伊耶戈　哎也，那就是她的了，主公；而既然
　　　是她的，她可以，我想，把它給任何人。

奧賽羅　她是她榮譽的保護人；她能給掉
　　　那個嗎？

伊耶戈　　　　　她榮譽是個看不見的東西；
　　　他們沒有它的人倒時常有著它[3]：
　　　可是說起那手帕，——

　　去欺騙旁人，而實際上是過著罪惡的生活；這些人則欺騙魔鬼，使他懷著極大
　的希望以為他們會墮落，而最後卻規避了他，不犯他以為他們正要犯的那罪
　惡。

2　《聖經新約》〈馬太福音〉第四章，耶穌禁食四十晝夜後肚子餓了，魔鬼試探
　他能否把石頭變成食物，又「帶他進了聖城，叫他站在殿頂上，對他說，『你
　若是上帝的兒子，可以跳下去，因為經上記著說，「主要為你吩咐他的使者，
　用手托著你，免得你的腳碰在石頭上。」』耶穌對他說，『經上又記著說，「不
　可試探你的上帝。」……』」Henly指出，詩人的意思是說，魔鬼用煽動他們
　情慾的辦法試探他們，而他們試探上帝則是將他們自己放在一個幾乎無法避免
　墮落的情況中，就是說，用滿足情慾去試探上帝。

3　伊耶戈，對於他，榮譽是個不存在或無用的東西；如果有需要，可以不擇手段
　來獲取，其卑鄙齷齪實在駭人聽聞。

奧賽羅	憑上天，我但願

能把它忘掉：——你說過，——噯呀，我記起
它來了，好像那染了瘟疫的房子
頂上那烏鴉[4]，兆頭總不祥，——他有了
我那塊手帕。

伊耶戈	不錯，那個怎麼說？
奧賽羅	那事兒如今可不怎麼好。
伊耶戈	我若說

我見他幹了對您不起的勾當，又怎樣？
或是聽他說，——外邊有這樣的壞蛋，
他們憑他們自己那殷切的追求，
或者某個娘們自情願要顛倒，
一旦把她們弄到手，或滿足了慾望，
便有口難噤，熬不住要洩漏，——

奧賽羅	他說了

什麼東西沒有？

4　Harting（*Ornithology of Shakespeare*, 1871）：不論我們走到這廣大世界的什麼
　　地方去，烏鴉的沙啞叫聲是永遠可以聽到的。在北極探險隊所經歷過的極北
　　處，可以見到它棲止在石骨上俯視著淒涼的白雪。在赤道地帶，在燃燒著的陽
　　光下，也可以見到它在享受那腐肉的盛饌。它曾被庫克大佐（Captain James
　　Cook, 1728-1779，英國環球航海家）在太平洋荒島上發現過；在南極地區的最
　　南處，遊歷家們也可以見到它追隨著它那謹慎的掠奪生活，正如在英倫一樣。
　　從最古時候起，它以它那深沈莊嚴的聲音總是引起人們的注意的，而從它的叫
　　聲裡迷信者都能找到些不祥和凶戾的消息。多少世紀以來，它保有著這樣的性
　　格；就是在今天，好多人還相信鴉鳴預兆人死亡。無怪莎士比亞利用著這一廣
　　泛的信念，把烏鴉引進了他戲劇裡許多莊嚴的片段中去。

| 伊耶戈 | 　　　　　　　　他說了，主公； |
| 但可以保證您，他會矢口否認。 |
| 奧賽羅 | 他說了什麼？ |
| 伊耶戈 | 　　　　　　當真，他幹了那個—— |
| 我不知他幹了什麼。 |
奧賽羅	什麼？什麼？
伊耶戈	躺在——
奧賽羅	和她一起？
伊耶戈	她一起，她身上；
您高興就怎樣說罷。

奧賽羅[5]　躺在她一起！躺在她身上！我們說，撒她的謊[6]，當他們捏造她假話的時候。躺在她一起！那叫人作嘔。手帕，——自己招供，——手帕！去自己招供，然後為他那辛苦而去給絞死。首先，給絞死，然後

5　Warburton：在這段話裡的猝發與片段回想中，有些非常可怕的東西在內，顯示說話人的心情是在不可言詮的苦痛中。但這些言辭裡有一片崇高在內，那是任何讚佩也決不會過份的。Reynolds：奧賽羅是在暗指伊耶戈所捏造而告訴他的那個凱昔歐的夢。當好多混亂而我們對之發生興趣的意念頓時立刻一齊擁心中，快到它沒有時間去形象化或消化它們時，……就會產生迷惘或昏暈。奧賽羅以片言隻語（它們全部跟他的嫉妒的原因有關）表示所有的證據都於頃刻間集中在他的心中，這就不可抗拒地制勝了它，使它墮入一陣昏惘中，這原來是自然的結果。

6　這裡有個雙關無法譯出：原文「lie on her」可解作「躺在她身上，也可解作「撒謊造她的謠」。奧賽羅意思是說，「lie on her」可能是撒謊造她的謠，但這說法放在「lie with her」（躺在她一起）一起，如在伊耶戈口裡那樣，可就不能解作「撒謊造她的謠」，只能解作「躺在她身上」了，因此，他接著就說，「那叫人作嘔」。

去自己招供：我對此要發抖。人的天性不會給這些
龐雜的心影充塞著自己而無動於衷。震動我的不是
這幾個字眼。呸！鼻子，耳朵，嘴唇[7]。這可能嗎？
——自己招認！——手帕！——啊，魔鬼！

〔昏到在地。〕

伊耶戈　　發作罷，

我的藥，發作！輕信的獸子便這般

給逮住；而好多一本清貞的賢淑

便如此，無辜受譴責。怎麼了，喂！

主公！我說呀！奧賽羅，主公！[8]

凱昔歐上。

你來

做什麼，凱昔歐？

凱昔歐　　　　　　有什麼事情？

伊耶戈　　我主公昏倒了過去；這是他第二次；

7　Steevens：奧賽羅自己在那裡想像他所猜測的他妻子與凱昔歐之間所進行的親
　　狎情景。……

8　義大利名伶薩爾微尼（Tommaso Salvini, 1829-1916）在他的演出中，將劇辭從
　　這裡起刪去一百四十三行，原因是，他認為，這一大段跟奧賽羅的性格牴觸太
　　甚。「這能想像嗎」，他問道，「有這摩爾人這樣倨傲劇烈的性情的人，當害
　　他戴綠頭巾的那人親口細敘他的恥辱的時候，他居然能控制住自己？你不會猜
　　想嗎？他會要老虎一般向凱昔歐身上猛撲過去，把他撕成碎片？當然，凱昔歐
　　會要贏得足夠的時間以清除他的誤會，然後這悲劇便會歸於失敗。所以，這一
　　段如果給保持著就會損害奧賽羅的性格，否則他一定得給刪去。」經此刪節後
　　的故事裡的這一片罅隙，薩爾微尼認為奧賽羅在最後一景裡斷言他曾看見過那
　　條手帕在凱昔歐手裡，就可以加以補塞。

他昨天曾有過一回。

凱昔歐　　　　　　　　　摩擦他太陽穴。

伊耶戈　　不用，免掉；這昏睡得靜靜地挨過，

否則他口吐白沫，過一會他會

有一陣兇暴的瘋癲。瞧！他動了；

你且走開一會兒，他立刻會醒來；

他去後，我有重要的因繇跟你談。〔凱昔歐下。〕

怎樣了，將軍？腦袋沒有摔痛罷？

奧賽羅　　你嘲笑我罷？

伊耶戈　　　　　　　　嘲笑您！不會，憑上天。

但願您承受命運像個男子漢！

奧賽羅　　一個人戴了綠頭巾便是頭妖怪，

又是頭畜生。

伊耶戈　　　　　　　在人口稠密的城市中，

那就有好多頭畜生，好多個溫文

爾雅的妖怪。

奧賽羅　　　　　　　他自己供認嗎？

伊耶戈　　　　　　　　　　　好主公，

要做個漢子；須知每一個鬚眉

只要成過婚就許會和您同處境；

成百萬丈夫每夜躺在那床頭，

不光自己睡，濫污不堪，他們卻

敢於賭咒那只供他們自己用；

您的處境還算好。唉哪！這真是

　　　　　捱地獄的煩惱，當魔鬼的主要大笑柄，
　　　　　在一隻安穩無疑的床上跟一個
　　　　　淫婦親著嘴，以為她很清貞。不，
　　　　　要讓我知道；知道了我自己的處境，
　　　　　我知道該把她怎麼樣。

奧賽羅　　　　　　　　　　啊！你想得
　　　　　周到；這毫無疑問。

伊耶戈　　　　　　　　您站開一會兒；
　　　　　將您自己關閉在能耐心守候處。
　　　　　您剛才在此因悲傷———一陣不配您
　　　　　這般身份的激情——而委頓不勝時，
　　　　　凱昔歐來到了這裡；我設法使他走，
　　　　　對您的這番昏厥則善加以託辭；
　　　　　我要他立刻轉回頭，和我來打話；
　　　　　他答應這麼辦。您只須將自己藏起來，
　　　　　觀察他滿臉到處的輕蔑、譏嘲
　　　　　與極度的戲謔；因為我要促使他
　　　　　重講這故事，在那裡，怎樣，多久常，
　　　　　幾久前，以及恁時候他已經、且還將
　　　　　同您的夫人共衾枕：我說，只看他
　　　　　那表情已經夠。憑聖母，務必要耐心；
　　　　　否則我要說您整個兒是激情的衝動，
　　　　　算不了一個男子漢。

奧賽羅　　　　　　　　聽見嗎，伊耶戈

　　　　　　你將見到我耐心裡有異常的機巧；

　　　　　　但也有——你聽到沒有？——異常的殺機。

伊耶戈　　　那可沒有錯；但一切進行得要適時。

　　　　　　您退下如何？　　　　　〔奧賽羅退避。〕

　　　　　　　　　現在我要對凱昔歐

　　　　　　問起碧盎佳，一個靠賣笑來吃飯

　　　　　　穿衣的花姑娘；那東西愛上了凱昔歐；

　　　　　　這真是窯姐兒的苦惱，欺騙了眾人，

　　　　　　到頭來倒給一個人兒來把她欺。

　　　　　　他只要聽得談起她，止不住呵呵笑。

　　　　　　這裡他來了：

　　　　　　　　　凱昔歐上。

　　　　　　　　　他準會咧開口嘻笑，

　　　　　　奧賽羅準氣得發瘋；他無知的妒忌

　　　　　　一定把可憐的凱昔歐的笑樂、姿態、

　　　　　　輕狂的舉動，都纏錯。您好，副將軍？

凱昔歐　　　你給我這稱呼更加糟，就為了沒有它

　　　　　　纔要我的老命。

伊耶戈　　　　　　　　好好求玳思狄莫娜，

　　　　　　您準會得到手。〔聲音放低。〕如今，若是這件事

　　　　　　碧盎佳力所能及，你很快就成功！

凱昔歐　　　唉喲！可憐的阿奴！

奧賽羅	瞧！他已經在笑了[9]！
伊耶戈	我從未聽說過女人這麼愛男人過。
凱昔歐	唉喲！可憐的小蹄子，我想她真愛我。
奧賽羅	現在他微微地否認，笑一下遮蓋過去。
伊耶戈	你聽說過嗎，凱昔歐？
奧賽羅	現在他要他 再把它講一遍：得了；說得好，說得好。
伊耶戈	她對人聲言，你準會跟她結婚； 你有意那樣嗎？
凱昔歐	哈，哈，哈！
奧賽羅	你得勝歡呼罷，羅馬人[10]！你得勝歡呼吧？
凱昔歐	我跟她結婚！什麼？一個妓女！我請你，對我的常 識稍存一點好感罷；莫以為它是這樣的一踢糊塗。 哈，哈，哈！
奧賽羅	好，好，好，好。他們贏到了手的，會歡呼。

9　L. Mason：從這裡起到凱昔歐下場時止，奧賽羅的旁白都是假定在他的藏匿處
　　說的，觀眾可以在那裡看得見、聽得到他，但凱昔歐與伊耶戈是看不見、聽不
　　到他的。

10　譯者按：古羅馬人好戰爭討伐，以組訓軍團（legio）、從事東征、南討、北伐
　　聞名。自公元前六世紀初年羅馬共和國成立，迄公元前二十七年共和解體而帝
　　國代興，在戰爭中得勝的將軍們回首都羅馬時，總要舉行一個莊嚴、隆重的入
　　城凱旋式，如遇大勝則叫做「大凱旋式」（triumphus），帶著馬步軍兵，乘著
　　儀仗戰車，戴著金冠，披著袍氅，如遇小勝則叫做「小凱旋式」（oratio），也
　　帶著騎士與步卒，騎著戰馬，戴著桃金孃花冠，披著袍氅，城中老百姓則萬人
　　空巷來迎迓，夾道歡聲雷動。在羅馬帝國時代，這風習還保持著，一直垂延到
　　公元八百年以後的東、西神聖羅馬帝國而勿替。

伊耶戈	說實話，傳聞說你準會和她結婚。
凱昔歐	請你要說真話。
伊耶戈	騙了你，我是個壞蛋。
奧賽羅	你跟我算清了賬嗎[11]？很好。
凱昔歐	那是這猴兒自己放出去的空氣：她相信我一定會和她結婚，因為她自己眷戀我而自騙自，不是因為我答應了她。
奧賽羅	伊耶戈在招呼我；現在他要講這故事了。
凱昔歐	剛才她還在這裡；她到處纏繞著我。那一天我在海岸邊同幾個威尼斯人談話，這玩意兒就去到了那裡，憑這隻手，她就摟著我的脖子；——
奧賽羅	叫道，「啊唷，親愛的凱昔歐！」彷彿是；他的姿態是這樣說。
凱昔歐	這般掛在我身上，斜倚著我，對我哭鬧；這般拖我，拉我；哈，哈，哈！
奧賽羅	現在他在講她怎樣扯著他到我房間裡去。啊！我瞧見你那個鼻子，待我馬上把它揪住了撕下來扔給狗吃。
凱昔歐	唔，我一定得離開她。
伊耶戈	憑我的靈魂！瞧，她在那裡來了。
凱昔歐	這是這樣一隻騷貓[12]！憑聖母，一隻騷香的。

---

11 Delius：奧賽羅把伊耶戈的話「你準會和她結婚」應用到珉思狄莫娜身上，所以問道，「你跟我算清了賬嗎？你結果了我嗎？」這是因為要等奧賽羅不在世上以後，凱昔歐跟她結婚纔可能。

碧盎佳上。

你是什麼意思，這樣對我纏繞不清？

碧盎佳　讓魔鬼和他娘纏繞你！你剛正給我那條手帕，你是什麼意思？我是個傻瓜蛋，接受了下來。我得把花樣落下來！好一片花繡，你在你臥房裡找到，而不知道什麼人把它留在那裡的！這是什麼淫婦的信物，而我得落下它的花樣！拿去，還給你那匹騎夠了的馬兒[13]，不管你打那兒弄來的，我不給落什麼花樣！

凱昔歐　怎麼了，親愛的碧盎佳？怎麼了，怎麼了？

奧賽羅　憑上天，那該是我的手帕！

碧盎佳　你若是今晚上要來吃飯，可以來；你若是今晚上不來，就下次準備來時來。　　　　　　　　下。

伊耶戈　跟她去，跟她去。

凱昔歐　當真，我得去；不然的話，她要在街頭罵街了。

伊耶戈　你要在那裡吃晚飯嗎？

凱昔歐　當真，我想要那樣。

伊耶戈　很好，我也許來看你，因為我極願意跟你談談。

凱昔歐　請你來好了；你來嗎？

12　「Fitchew」，又名「polecat」，這是歐洲所產的一種騷臭的貓。這名稱被用來作為「妓女」一辭的隱語。

13　「Hobby-horse」，Schmidt《莎士比亞辭典》訓為「一個輕浮淫蕩的婦人」，Dyce《莎士比亞語彙》訓為「一個被遺棄了的婦人」，Onions《莎士比亞語彙》訓為「一個輕薄的婦人」。

伊耶戈	得了；別多說了。　　　　　　　　〔凱昔歐下。〕
奧賽羅	〔上前〕我將怎樣殺掉他，伊耶戈？
伊耶戈	您見到沒有，他怎樣對他的罪孽行為嘻笑？
奧賽羅	啊！伊耶戈！
伊耶戈	您可見到了那手帕嗎？
奧賽羅	那是我的嗎？
伊耶戈	是您的，憑我這隻手；您看他怎樣瞧得起那傻婦人您的夫人！她把它給了他，他卻把它給了他的窰姐兒。
奧賽羅	我要殺他九個年頭。一個好婆娘！一個標致婆娘！一個可愛的婆娘！
伊耶戈	休那樣，您一定得忘掉那個。
奧賽羅	是嘞，讓她今晚上就腐爛，死絕，進地獄；因為她不會再活下去了。不光那個，我的心變成了石頭；我打它，我的手都打痛了。啊咳！這人間再沒有個更可愛的人兒了；她配去躺在一位皇帝身旁而命令他做事情。
伊耶戈	不對，您那樣講不對頭。
奧賽羅	絞死她！我只說她是怎麼樣的人兒。針線上這麼精工！吹彈得好不叫人讚賞！啊呀，她能把一頭大熊的兇暴歌唱掉！有這樣高超、這樣富厚的機靈和巧慧！
伊耶戈	她有了這一切更加壞。
奧賽羅	啊！壞一千，一千倍。而且，性情這樣溫柔！

伊耶戈	不錯，太溫柔了。
奧賽羅	不光那樣，那還是肯定的；——但是這真叫可憐，伊耶戈！啊！伊耶戈，這真叫可惜，伊耶戈！
伊耶戈	您如果這般愛惜她的罪惡，可以特許她去幹壞事；因為假如這於您無關，對旁人便更無罣礙。
奧賽羅	我要把她剁成肉醬。給我做烏龜！
伊耶戈	啊！她這下子真惡毒。
奧賽羅	跟我的部下！
伊耶戈	那更惡毒。
奧賽羅	替我弄點毒藥來，伊耶戈；今晚上：我將不跟她打話，否則她那身體和美貌又會要奪掉我的決心。今晚上，伊耶戈。
伊耶戈	不要使毒藥，在床上勒死她，就在她弄骯髒了的那床上。
奧賽羅	好，好；這件事的公平叫人高興；好得很。
伊耶戈	至於凱昔歐，讓我去收拾他；您在午夜前準會再聽到消息。
奧賽羅	非常好。　　　　　　　　〔幕後作號角聲。〕
	那是什麼號角？
伊耶戈	一定是威尼斯有什麼事情到此。
	這是羅鐸維哥，公爵派他來；
	瞧罷，您夫人和他在一起[14]。

---

14 這句話看來平淡無奇，實際上卻並不尋常，而是包藏得有險毒的用意的。在四

　　　　　　　羅鐸維哥、玳思狄莫娜與隨從人等上。

羅鐸維哥　　上帝保佑您，尊貴的將軍！

奧賽羅　　　　　　　　　　　　　我衷心
　　　祝禱，大人。

羅鐸維哥　　　　　　　公爵和威尼斯的知政事
　　　大夫們向您致意。　　　　〔授與彼一緘書帖。〕

奧賽羅　　　　　　　　　　我吻這公文。　〔啟封閱讀。〕

玳思狄莫娜　有什麼消息，好表兄羅鐸維哥？

伊耶戈　　　我很高興看見您尊駕，大人；
　　　歡迎光臨到塞浦路斯來。

羅鐸維哥　　多謝。副將凱昔歐怎樣了？

伊耶戈　　　活著，大人。

玳思狄莫娜　表兄，我跟我官人之間發生了
　　　失和的破裂；可是您準會導致
　　　和穆。

奧賽羅　　　你對那可有把握？

玳思狄莫娜　官人？

奧賽羅　　　〔讀書帖〕「此事望君毋勿，蓋君將」——

羅鐸維哥　　他沒有招呼；他在忙著看書帖。
　　　將軍和凱昔歐之間可有不和協？

玳思狄莫娜　一個非常不幸的不和協：我願意

幕三景四十行處，愛米麗亞說羅鐸維哥「出脫得極俊俏風流」，又說他在威尼斯極受娘子們的歡迎。伊耶戈這句話分明是說，「您瞧，您夫人對於風流瀟灑的後生們沒有一個不愛，昨兒是凱昔歐，今兒換新鮮，又看上新的了。」

　　　　　盡力使他們和解，爲了我對於
　　　　　凱昔歐的愛顧。

奧賽羅　　　　　　　　　天打雷霹[15]！

玳思狄莫娜　　　　　　　　　　　官人？

奧賽羅　你懂得羞恥嗎[16]？

玳思狄莫娜　　　　　　　什麼！他生氣了嗎？

羅鐸維哥　也許這書帖激怒了他[17]，因爲，我想，
　　　　　他們命令他回去，而叫凱昔歐
　　　　　接任他的指揮。

玳思狄莫娜　　　　　　相信我，我很高興。

奧賽羅　當真！

玳思狄莫娜　官人？

奧賽羅　　　　　　　我高興看到你全沒有
　　　　　控制[18]。

15　這咒罵辭原意是「火與硫黃」！

16　原文「wise」可解作「聰明、有判斷、知羞恥或莊重。」Fechter在他的演出中，把這句話（「您聰明嗎？」）歸伊耶戈口裡說出，說時把手伸過桌子抓住奧賽羅的臂腕，強力止住他。奧賽羅剛發上了一句咒罵，正要狂怒地站起來。

17　Theobald：奧賽羅只是纔到了塞浦路斯來不久；知政事公署還不見得來得及聽到土耳其艦隊已被風暴所打散；而奧賽羅是被立即召還本國的，並非緣於他的行為引起了對他的譴咎，或者有什麼暗示他被派充一個更緊急的委任。的確，由凱昔歐接任他的職權，顯得用意是要增加這摩爾人的憤怒；但是某些或然的理由應當被舉示出來，以說明他的被召。至於伊耶戈在後面所講的，說奧賽羅是要往毛列台尼亞（Mauritania）去，那只是他編造出來的謊話，目的是要欺騙洛賓列谷。

18　他說這句話，是因為他在前面問過她「你懂得羞恥嗎？」所以這裡的意思是，

玳思狄莫娜	為什麼，親愛的奧賽羅？
奧賽羅	魔鬼！〔擊之。〕
玳思狄莫娜	我不該遭受這樣子。
羅鐸維哥	將軍，威尼斯 不會有人相信這件事，雖然我 會賭咒曾親自見到：這真受不了； 對她賠個不是罷，她在哭了。
奧賽羅	啊，魔鬼，魔鬼！假使這地土裡 落進了女人的眼淚能懷胎，每一顆 她掉的淚水會變成一條鱷魚。 莫在我跟前！
玳思狄莫娜	我不會躭著惹你惱。　〔擬下。〕
羅鐸維哥	真是位溫順的賢淑； 我請您將軍，叫她回來。
奧賽羅	大娘！
玳思狄莫娜	官人？
奧賽羅	您要跟她說什麼，大人？
羅鐸維哥	誰，我，將軍？
奧賽羅	不錯；您要我叫她回來：大人， 她能回來，回來，再走開，又回來； 她能哭泣，大人，哭泣；她溫順， 如您所說的，溫順，溫順之至。

「你把你的醜惡完全暴露出來，倒是好的。」

繼續淌你的眼淚罷。關於這個，

大人，——啊，裝得好像真傷心！——

我被命令回家去。你跟我走開；

我就會來叫你。大人，我服從命令，

我將回到威尼斯。走開！去你的！

〔玳思狄莫娜下。〕

凱昔歐將接我的位置。還有，大人，

今晚上我請您和我一同進晚餐；

您受歡迎，大人，到塞浦路斯來。

山羊和猴子[19]！　　　　　　　下。

羅鐸維哥　　　　　　這就是這位高貴

恢弘的摩爾人嗎，我們整個知政事

公署稱之為完全稱職而能幹？

這般的天性，激情不能動搖嗎？

他那堅實的美德，禍患的彈丸

或命運的箭鏃，既不能擦傷毫釐，

也不能穿刺透不成？

伊耶戈　　　　　　　　他變得厲害。

羅鐸維哥　　他心神安全嗎？他頭腦沒有毛病？

---

19 Malone指出，伊耶戈在三幕三景四百零幾行處說起「山羊」和「猴子」，那裡
　　他說要親眼看到凱昔歐與玳思狄莫娜罪行的證據是不可能的。這些話，我們可
　　以猜想，還在奧賽羅耳朵裡鳴響著。Fechter將這幾個字作為奧賽羅的旁白，彷
　　彿將整個世界包含在一個其苦無比的諷刺裡。他出去之前對玳思狄莫娜下場的
　　那扇門還投射了一個最後的怒視。

伊耶戈	他就是他這樣；我不便說我的意見。 我但願上天使他該怎樣便怎樣， 假如他不是像他該怎樣的那個樣[20]！
羅鐸維哥	什麼！打他的妻子！
伊耶戈	當真，那是不怎麼好；可是，但願我 確知那一下已壞到了盡頭！
羅鐸維哥	他慣常 這樣嗎？還是這緘帖激得他暴怒， 新造成這個過錯？
伊耶戈	唉呀，唉呀！ 我所見到的、知道的，由我說出來 不怎麼適當。您準會親自看到他， 他自己的行徑會顯示他的為人， 所以我可以省掉了言語。您只須 跟他走，注意他怎樣繼續行動。
羅鐸維哥	我很抱憾弄錯了他的為人。

　　　　　　　　　　　　　　　　　　　　　同下。

---

20 這是故意說得糾纏隱晦，吞吞吐吐，真是個察言觀色的「穩重」角色。六、七
　　行後他將他不肯明說的「動因」說了出來，但還是假的。在三幕三景一百三十
　　餘行至一百五十餘行處，他對奧賽羅的對話中，也用了同樣的技巧。

第二景

〔堡壘內一室。〕
奧賽羅與愛米麗亞上。

奧賽羅	那麼，你沒有見到什麼嗎？
愛米麗亞	也從未聽到過，也從未有過懷疑。
奧賽羅	不對，你見過凱昔歐跟她在一起。
愛米麗亞	可是那時候我不見有什麼害處， 我聽到他們之間每一個語音。
奧賽羅	什麼！他們從不耳語嗎？
愛米麗亞	從來不， 主公。
奧賽羅	也不差開你。
愛米麗亞	從來不。
奧賽羅	譬如 去取她的扇子，手套，假面，或別的。
愛米麗亞	從來沒有，主公。
奧賽羅	那倒奇怪了。
愛米麗亞	我敢於打賭，主公，她是貞潔的， 敢押下靈魂作注子：您如作別想， 就丟開那想法；那會玷辱您的心。

倘有個壞蛋使您相信這件事；

讓上天把加給長蟲的詛咒[21] 責罰他！

因為，如果她還不能算老實、貞潔

與真誠，天下就再無快樂的男人了；

他們最純潔的妻子會得同醜聞

一般醃臢。

奧賽羅　　　　　　　叫她到這裡來；你去。〔愛米麗亞下。〕

她說夠了；不過她是個沒腦筋的鴇媽，

說不出真情來。這是個奸詐的婊子，

重門深鎖，一庫房下流的秘密；

但她會跪下來禱告；我見過她這樣。

　　　　　　　　　珀思狄莫娜與愛米麗亞上。

珀思狄莫娜　官人，你要怎麼樣？

奧賽羅　　　　　　　　小雞，這裡來。

珀思狄莫娜　你樂意什麼事？

奧賽羅　　　　　　讓我看你的眼睛；

對我的臉望[22]。

珀思狄莫娜　　　　　是什麼可怕的怪想？

奧賽羅　　〔向愛米麗亞〕來一點你的老本行，老闆娘[23]；

21　《聖經舊約》〈創世紀〉第三章，亞當吃了夏娃給他吃的「智慧樹之果」後，上帝發現了就對引誘夏娃吃的蛇施與詛咒，說道，「你既然作了這事，就必受詛咒，比一切的牲畜野獸更甚。你必用肚子行走，終生吃土。」

22　Booth：她舉目對他望，但懾於他峻烈的瞪視，又將目光低下了。

23　Cowden-Clarke：奧賽羅嘲罵愛米麗亞曾在凱昔歐與珀思狄莫娜幽會時裝聾作

　　　　　　讓男女兩個在一起，把門關起；

　　　　　　若是有人來，咳嗽或者「哼」一聲。

　　　　　　你那秘密，那秘密；休那樣，趕快。

　　　　　　　　　　　　　　　　　　愛米麗亞下。

玳思狄莫娜　我跪在地上，你這話什麼意思？

　　　　　　我懂得你話裡有暴怒，但不懂你的話。

奧賽羅　　　哎也，你是什麼？

玳思狄莫娜　　　　　　　你的妻，官人；

　　　　　　你真心和忠誠的妻子。

奧賽羅　　　　　　　　　　　來，起個誓，

　　　　　　咒你自己進地獄；否則，像是個

　　　　　　從上界下來的，魔鬼們不敢抓你去；

　　　　　　所以，要雙重入地獄；發誓你貞潔。

玳思狄莫娜　上天真知道我如此。

奧賽羅　　　　　　　　　上天真知你

　　　　　　無信義跟地獄一般。

玳思狄莫娜　　　　　　　對誰，官人？

　　　　　　同誰？我怎樣無信義，不忠貞？

奧賽羅　　　　　　　　　　　　啊！

　　　　　　玳思狄莫娜；走開，走開，走開！

玳思狄莫娜　唉喲，悲痛的日子！——你爲什麼哭？

　　啞，做過交易，而現在則要求她對於她的業外操作顯一點出色當行的顏色出來。

我可是你這眼淚的因繇，官人？
假使你也許懷疑我父親是使你
被召喚回去的主動者，莫對我責難；
你若是失掉了他，哎也，我同樣
也失掉了他呀。

奧賽羅　　　　　　　如果上蒼高興
用悲愴來把我考驗，他若把一應
傷痛和恥辱下降到我光著的頭上，
把我沈浸在寒苦中直到嘴唇邊，
使我和我最可靠的指望被奴役，
我還能在我靈魂的深處找到
些微的寧靜；但是，唉喲！叫我做
那固定的中心，給譏嘲的時世把它
那慢得幾乎不動的指頭指著走[24]！

24　對於這兩行半，歷來的學者們有將近二十家作過許多不同的校改或箋註。
Furness在新集註本上最後援引Steevens在另一處對無法澄清的疑難語句的說
法，謂學者們意見紛歧，無法一致，且「將繼續紛紜歷落，只要還有英倫與莎
士比亞這樣兩個名字還存在著。」雖然如此，我以為詩人的用意是不難完全懂
得的。他使奧賽羅將他自己比作鐘面上正中心的「figure」（形狀，形體），
那固定的一點，人家指著他對他的譏嘲（「time of scorn」，譏嘲的時間，即時
世或世人對他的譏嘲）他比作兩支針，它們走得很慢，幾乎像不在走動（因為
看不出它們在走），但還是在走動著，好比譏嘲他的人一代代在過去而更新不
已，而當它們極慢地走著的時候它們總是指著那中心，不會指向別處去，正如
譏嘲他的人一代代總是把他作為笑柄。末一行內對開本的「his slow, and moving
finger」（它那遲緩而移動的指頭），則殊不如四開本的「his slow unmoving
fingers」（它那慢得〔幾乎〕不動的指頭）為好。四開本的「指頭」是多數，
當是把時針與分針都算在裡頭。

但那個我也能好好、很好地忍受；
可是那所在，——我精靈寄託的所在，
我生命的肇端或死亡之始初，那源泉
我這水流從其中溢出來或未溢
而先已乾涸，——給從那去處驅逐掉！
或者，留得那去處作爲髒水坑[25]，
供醜穢的癩蝦蟆去交尾、生育、繁殖！
將花容變過去，你這「寧靜」美嬌娘；
你俊俏俊生、貝齒硃唇的小仙嬌，
是喲，暴露你地獄般可怕的真相罷[26]！

25　原文「cistern」解作大積水器、水槽或水池。

26　對於這三行的原文，曾有兩個截然不同的解釋。Johnson認為這是奧賽羅對
　　Patience（「寧靜」姑娘）所説的話：見了這樣醜惡的東西〔如上面所説的〕之
　　後，「寧靜」姑娘，請你改容變色罷；請你，即令是你，年輕美麗、櫻唇巧笑
　　的你，也變得地獄可怕罷。S. T. P.批評這解釋牽強不切，認為這乃是奧賽羅
　　對玳思狄莫娜所講的話：起初她對奧賽羅對她所作粗鄙的指控臉紅了一陣；他
　　當即讚美了她的美艷；而當她臉上顯得嚴峻地憤怒時，他便向她挑戰，叫她變
　　得像地獄一般可怕。譯者覺得Johnson的説法好像在解釋他同時代詩人蒲伯（A.
　　Pope）作品裡的詩行，跟莎氏想像方式與風格根本不對頭。至於S. T. P.使奧賽
　　羅讚美玳思狄莫娜的美艷，我覺得也不甚合理，使他向她挑戰云云則亦未免勉
　　強。我認為整句句子是個尖刻的諷刺，正如在前面他對愛米麗亞説：「來一點
　　你的老本行，老闆娘」，在後面臨走前又對她説：「我們已完了這一遭」，付
　　拉縛錢給她，叫她把房門開鎖，且保守著秘密，——模仿他想像中的凱昔歐與
　　玳思狄莫娜幽會終了時他所採取的行動。我的瞭解是：奧賽羅先叫玳思狄莫娜
　　休要再裝假了，接著將她比作小天使「寧靜」姑娘，末了對她説：「是喲，在
　　這裡〔各版四開、對開本原文都作「here」，Theobald校改為「there」，從他
　　開始一直到許多現代版本中，除Johnson與Jennens兩家外，都作「there」〕你
　　可不必假裝了，因為我已經全知道，就把你地獄般醜惡可怕的真面目暴露出

玳思狄莫娜	我希望我高貴的官人認爲我貞潔。
奧賽羅	啊也！不錯；像夏天屠場裡的蒼蠅，
	下過卵馬上又懷胎。你啊，穢草！
	你這般艷麗妖嬈，芳香馥郁得
	知覺想跟你接觸，想念得發痛，
	但願你從未出生到這世上來。
玳思狄莫娜	唉呀！我犯了什麼未知的罪辜？
奧賽羅	難道這潔白的紙張，這美好的書本，
	是用來寫上「娼妓」這名兒的嗎？
	犯了什麼！犯了！啊，你這個
	公開的窯姐！假如我講你的行爲，
	我會把自己這兩片臉頰化作
	鍊鐵的熔爐，把羞恥燒成灰燼。
	犯了什麼！天公對它掩鼻子，
	月亮閉著眼睛不要看，跟任何
	它碰到的東西都接吻的濫賤的風兒，
	也躲進了地穴不做聲，不要聽這件事。
	犯了什麼！不知羞恥的婊子！
玳思狄莫娜	憑上天，你侮辱了我。
奧賽羅	你不是個婊子？
玳思狄莫娜	不是，正如我是個基督徒。假使
	爲我官人保持這身軀不受

來罷！」

旁人非法的骯髒的接觸就不是

個婊子，我就不是。

奧賽羅　　　　　　　　　什麼！不是個

娼妓？

玳思狄莫娜　　不是，正如我將會得拯救。

奧賽羅　這可能嗎？

玳思狄莫娜　啊！上天饒了我們罷。

奧賽羅　　　　　　　　　那麼，

我請你原諒；我把你當作跟奧賽羅

結婚的那個狡詐的威尼斯娼婦。

你啊，老闆娘，你門庭開設在聖彼得

對過[27]，你守著地獄的大門[28]！

　　　　　　　愛米麗亞重上。

你呀，你呀，是啊，你呀！我們

已完了這一遭；這裡有點錢給你。

我請你，把房門開鎖，保守著祕密。　　下。

愛米麗亞　唉喲！這位將爺轉什麼念頭？

怎麼了，娘娘？你怎樣，親愛的夫人？

玳思狄莫娜　當真，昏昏沉沉。

愛米麗亞　親愛的娘娘，我家將爺怎麼了？

玳思狄莫娜　誰？

27　耶穌的使徒彼得守衛著天堂的大門，愛米麗亞則被罵作開設妓院，把守著地獄的大門：在這一意義上她是在聖彼得對過。

28　Booth：這時候玳思狄莫娜站不住倒在地上，五行以後愛米麗亞將她攙扶起來。

愛米麗亞　　　哎也，我家將爺，娘娘。

玳思狄莫娜　　你家將爺是誰？

愛米麗亞　　　　　　　　是你的官人，好夫人。

玳思狄莫娜　　我沒有官人；別跟我說話，愛米麗亞；
　　　　　　　我不能哭泣，也不能回答你我沒有，
　　　　　　　只除了用眼淚。請你今晚上把我
　　　　　　　結婚時的床單舖在床上：記住了：
　　　　　　　還叫你丈夫這裡來。

愛米麗亞　　　　　　　　　這真是個巨變！　　下。

玳思狄莫娜　　我會受這樣的對待倒合適，很合適[29]。
　　　　　　　我做了什麼，就把我最壞的事兒[30]
　　　　　　　來說，他怎麼能說我犯什麼罪辜？
　　　　　　　　　伊耶戈與愛米麗亞上。

伊耶戈　　　　你樂意什麼事，娘娘？您覺得怎樣？

玳思狄莫娜　　我說不上來。他們教訓小孩子，
　　　　　　　用溫柔的手段，把輕鬆的事兒要他們
　　　　　　　去做；他也儘可以這樣責罵我；
　　　　　　　因爲，說實話，對責罵，我還是個小孩。

伊耶戈　　　　什麼事，夫人？

愛米麗亞　　　　　　　　唉喲！伊耶戈，將爺
　　　　　　　大罵她娼妓，一疊連鄙蔑她，把重話

29　這是句傷心到絕點、幾乎發瘋的反話。

30　初版四開本原文作「my greatest abuse」，初版對開本作「my least misuse」；
　　譯文根據前者，從Hudson的釋義。

堆在她頭上，肉做的心腸受不了。

玳思狄莫娜　我是那稱呼嗎，伊耶戈？

伊耶戈　　　　　　　　　　　什麼稱呼，
明艷的夫人？

玳思狄莫娜　　　　　　如她所說的我官人
叫我的那稱呼。

愛米麗亞　他叫她娼妓；一個花子喝了酒
也不能用這般醜話罵他的賤窮婆。

伊耶戈　為什麼他這樣？

玳思狄莫娜　我可不知道；我自知不是那種人。

伊耶戈　不要哭，不要哭。唉喲，天可憐見的！

愛米麗亞　是否她回絕了那麼多貴家子的姻親，
捨棄了父親，離別了鄉邦，告辭了
親友們，為的是給叫作娼妓？那不要
叫人傷心嗎？

玳思狄莫娜　　　　　　這是我命裡該受苦。

伊耶戈　要怪他太不該！他怎麼想出這花樣[31]？

---

31 這一問問得駭人聽聞，叫你毛骨悚然。緊接著愛米麗亞對作祟者的痛罵，他出
　奇地來一個斷然否認。伊耶戈是個無神論者，但與許多有良心有人性的無神論
　者絕不相同，他幹了野獸所不願幹的昧心事，想了野獸所不敢想的惡毒思想，
　下了野獸所不會下的狠辣決心──且一有機會，立即加以實踐──之後，當人
　家指責那壞事、壞思想、壞決心的時候，他可以理直氣壯毫不臉紅地問道，天
　下有那樣可怕的魔鬼嗎？「呸！沒有這樣的人兒；不可能！」如果有人戳穿了
　他的陰謀，然後問他有良心沒有，他必嗤之以鼻，反問人家良心幾分錢一斤，
　笑罵人家迷信而唯心。這一種堅決、徹底、絕對的科學個人主義者，莎士比亞

玳思狄莫娜　不懂，上天才知道。

愛米麗亞　　　　　　　　　我寧願給絞死，
若不是什麼駭人的壞蛋[32]，什麼
狗顛屁股、巴結拍馬的惡棍，
什麼欺哄誑騙的賊奴才，爲謀求
職位，故意編造出這麼個誹謗來；
我寧願給絞死，如果不。

伊耶戈　　　　　　　　　呸！沒有
這樣的人兒；不可能[33]。

玳思狄莫娜　　　　　　　假使有這樣人，
上天饒恕他！

愛米麗亞　　　　讓一條絞索饒恕他，
讓惡痛在他骨頭裡邊慢慢咬！
爲什麼他叫她娼妓？誰跟她在一起？
在什麼地方？在什麼時候？什麼個
形象？有什麼朕兆？這個摩爾人
上了那最混帳不過的惡賊的當，
那一準是個卑鄙齷齪得極荒唐、

在三百多年前即已繪影繪聲地在伊耶戈這一角色身上體現了出來。莎氏或許不
能想像，如果伊耶戈之流盜得了一國的王位，稱王稱霸起來，那又該是多麼可
怕！

32 Cowden-Clarke, Booth等都認為愛米麗亞說此時並未懷疑到那壞蛋就是她自己
的丈夫。

33 Booth：伊耶戈說此時應稍待一下，等愛米麗亞怒斥的勢頭稍稍過去了時。
Fechter：伊耶戈甚至沒有皺一下眉，而是很鎮靜地對她望著。

十惡不赦的大王八。啊，天喲！
但願你能暴露出這樣的壞傢伙，
叫每個誠實人手裡有一根鞭子，
往那些赤裸裸的混混身上盡力抽，
打這世界的盡東頭直抽到盡西頭！

伊耶戈　　　輕聲些。

愛米麗亞　　　　　　啊！滾他們的蛋。那就是
這樣個傢伙，他把你理性的裡子
翻到了外面來，叫你疑心我跟這
摩爾人有關係。

伊耶戈　　　　　　　　你是個傻瓜；得了罷[34]。

玳思狄莫娜　啊，好心的伊耶戈，我將怎麼辦，
纔好使我的官人能回心轉意？
我把你當朋友，請你去到他那裡；
因為，憑這上蒼的天光，我不知
我怎樣會失掉他。我在此下跪：
假使我這心志曾經觸犯過他的愛，
不論在思想裡頭或在行動中；
或是我的眼睛、耳朵或別的知覺
喜愛了除他以外的其他的形象；
或是我如今還沒有、以前尚未曾、
將來若不會、深深地愛他，即令他

34　Booth：含著怒意，但低聲地。

用異常貧賤的離婚將我摒棄掉，
讓歡樂永遠跟我絕了緣！寡情
能造成絕大的後果；他對我恩斷
義絕可能會斬除我這命，但決計
不會分毫損及我對他的愛。
我不能說「娼妓」這名兒：如今說它時，
我滿腔恐怖而作噁；要僭得那稱號，
就是滿天下的虛榮也不能叫我
去幹那勾當。

伊耶戈　　　　　　　　我請您安心，這只是
他一時的性發[35]；邦國的事務惱了他，
所以他對您會責怪。

玳思狄莫娜　　　　　　　若不為別的，——

伊耶戈　只為了這個，我保證。　　〔幕後號角聲起。〕
聽罷！這些號子在傳喚晚餐了；
威尼斯派來的信使們等著吃飯：
裡邊去，不要哭；一切事都會好轉。

　　　　　　　　　　玳思狄莫娜與愛米麗亞下。

　　　　　　　　洛竇列谷上。

你好，洛竇列谷[36]？

洛竇列谷　我不見你在老實對待我。

35　Booth：伊耶戈幫玳思狄莫娜站起來。

36　Booth：他們彼此相撞了一下，——伊耶戈有點窘。洛竇列谷拒絕握他伸出來
　　的手，而當前者說下面責備他的話時，伊耶戈有點神經緊張。

伊耶戈　　你怪我不好，根據的是什麼？

洛竇列谷　你每天要耍點花樣把我搪塞過去，伊耶戈；顯得你，據我現在看來，寧願不給我一切機會，也不肯給我些些那怕是希望中的有利條件[37]。我當真再也不能忍受下去了，你休想再叫我不聲不響把我傻子般吃的苦頭吞下去。

伊耶戈　　你聽我說好不好，洛竇列谷？

洛竇列谷　說實話，我聽得太多了，因爲你的話跟實際行動沒有關係。

伊耶戈　　你責備我得非常不公平。

洛竇列谷　完全憑事實。我浪費得超過了我的財力。你打我這裡拿去的金珠寶石，交給玳思狄莫娜的，差不離能敗壞一個立過誓篤信耶穌的聖處女；你告訴過我，她已經接受了它們，你帶回來的是指望和鼓勵，說馬上能得到她注意和彼此相熟，但是我什麼也不曾見到。

伊耶戈　　好；得了；很好[38]。

洛竇列谷　很好！得了！我不能得了，漢子；也不是很好；憑

37　Furness：希望的有利條件是從希望中獲得的有利條件；這是因為伊耶戈每天要耍點花樣把他搪塞過去，所以他沒有了希望，以致那麼點有利條件也跟著喪失掉了。

38　Booth：從這裡起到四、五行以後，伊耶戈滿不在乎地來回踱著，但洛竇列谷要對玳思狄莫娜去露他的真面目的威脅吸引了他的注意，也止住了他的步子，他立即計畫把洛竇列谷和凱昔歐一起幹掉。

　　　　　　　我這隻手，我說，是很糟，我開始發現自己在這裡
　　　　　　　頭遭了騙。
伊耶戈　　　很好。
洛竇列谷　　我告訴你這不是很好。我要對玳思狄莫娜去露我的
　　　　　　　真面目[39]；如果她把我的珍寶還給我，我準會停止
　　　　　　　我對她的追求，改悔我非法的引誘；若是她不還的
　　　　　　　話，你可以拿穩，我要叫你賠償損失。
伊耶戈　　　你現在說的。
洛竇列谷　　不錯，我所說不是別的，只是矢言我用意要去做到。
伊耶戈　　　哎也，如今我見到你有剛勇之氣，從此刻開始我對
　　　　　　　你要比過去更加尊重了。把手伸給我[40]，洛竇列谷；
　　　　　　　你對我不滿極有道理；不過我矢言，我非常誠實地
　　　　　　　替你出過力。
洛竇列谷　　未曾見得。
伊耶戈　　　我承認當真還未曾見得，而你的疑心是合乎情理
　　　　　　　的。但是，洛竇列谷，如其你胸中當真有那個在裡
　　　　　　　頭，我現在要比以往有更多的理由相信如此，我是
　　　　　　　說決斷、勇氣和果敢，今晚上須得把它顯示出來：
　　　　　　　假使你明天晚上還享受不到玳思狄莫娜的話，用奸
　　　　　　　險的辦法弄死我，策劃出巧計來斬斷我這條命。
洛竇列谷　　好，是什麼事？那是在理性範圍之內的嗎？

39　Furness問道：這除了他的偽裝以外，還能指別的嗎？就是說，他的面貌，用一
　　蓬假鬚髯醜化著？
40　Booth：洛竇列谷不伸手，但伊耶戈哄騙著，嬉皮笑臉拉住了他的手。

伊耶戈	先生，威尼斯有特別命令到來，委任凱昔歐接替奧賽羅的職位。
洛竇列谷	那是真的嗎？哎也，那麼奧賽羅和玳思狄莫娜要回威尼斯去了。
伊耶戈	啊，不對！他去到毛列台尼亞[41]，要帶同了那標致

41　Mauritania，或Mauretania（毛列台尼亞，或毛里塔尼亞）有兩個：一個是非洲北部古邦國名，在虞密提亞（Numidia，大致相當於目今的阿爾及利亞）之西，為現在的摩洛哥（Morocco）與阿爾及利亞（Algeria）的一部份；另一個在非洲西部賽乃加爾河（Senegal River）之北，濱大西洋。這裡所說的是前一個。這就是奧賽羅被稱為摩爾族人的鄉邦本土。正如Theobald所云，伊耶戈說奧賽羅要帶著妻子回原籍去是一句欺騙洛竇列谷的鬼話。在整個劇本裡奧賽羅之被稱為摩爾人，一幕一景一百十餘行處伊耶戈笑罵孛拉朋丘「您願意自己的女兒給一隻巴巴利紅鬃馬壓在身上」，以及這裡伊耶戈捏造奧賽羅要帶了妻子回故鄉，都證明他的膚色是古銅色或栗殼色的，他的祖先是征服波斯、敘利亞、埃及、利比亞、虞密提亞、毛列台尼亞等地的阿剌拉伯人，他自敘身世的話（一幕二景二十餘行處），

> 我此身的生命與存在，系出君王
> 品位。以我的優長，用不到去冠，
> 我能對跟我獲致的高位齊階
> 並比的任何人說話。

並非誇口，而確是事實，他所自許的乃為有能征慣戰傳統的將門後裔。至於說奧賽羅是非洲土生土長的黑人，膚色漆黑，頭髮鬈曲，則有一幕一景七十行處洛竇列谷稱奧賽羅為「厚嘴唇」，一幕二景七十餘行處孛拉朋丘罵他使玳思狄莫娜「投入你這樣個東西的烏黑的胸懷」，以及三幕三景三百九十餘行處說他自己的

> 清名以前跟貞月的清輝
> 一般皎潔，如今玷汙了，已發黑，
> 如同我自己的臉色

等等內證，似乎也不無理由。在舞臺上，在悲劇名伶歧恩（Edmund Kean）之前，一直到十九世紀初年，奧賽羅被表演為一個墨黑的黑人，有相當長的傳統。

　　　　　　的玳思狄莫娜一起去，除非有意外發生使他逗留下
　　　　　　去；在那上頭，除了幹掉凱昔歐之外，沒有事能起
　　　　　　這樣的決定作用。

洛竇列谷　　你是什麼意思，幹掉他？

伊耶戈　　　哎也，叫他不能接替奧賽羅的位置；砸爛他的腦子。

洛竇列谷　　而那個你要我去幹麼？

伊耶戈　　　不錯；假如你敢於對自己做一件有利而公道的事。
　　　　　　今晚上他跟一個煙花姑娘一起吃飯，我要到那裡去
　　　　　　看他；他還沒有知道他這高貴的命運呢。若是你瞧

莎士比亞在「內庭供庭大臣班」裡的同事伶人理查・袞貝琪（Richard Burbage）怎樣裝扮奧賽羅，我們沒有真切的記錄，雖然確知他扮演奧賽羅很成功。「吾王御賞班」在環球戲園和黑僧戲園裡上演這劇本時是怎樣裝扮奧賽羅的，我們更無法知悉。英國王朝復辟後戲園重新開門營業，女伶人開始登臺演女角；1660年12月8日在紅牛戲園上演了《奧賽羅》，第一個女伶人即飾演了玳思狄莫娜。據霍金斯（Hawkins）在《藹特孟・歧恩傳》（Life of Edmund Kean）裡說，在近代舞臺上演奧賽羅的名伶，Betterton, Quin, Mossop, Barry, Garrick 與 John Kemble，都將他裝扮成一個墨黑的非洲土黑人；藹特孟・歧恩是第一個名伶將他扮演為一個紫棠色或淡棕色皮膚的摩爾人；原來一個真正的摩爾人並不比一般的西班牙人黑，他非但膚色、頭髮、嘴唇跟黑人完全兩樣，而且因為是屬於高加索種的一支，面部骨頭輪廓也頗為不同。有人說，就是莎氏自己對於奧賽羅的膚色及種族也不見得很明白，因為劇本裡顯然有這些點矛盾在。但多數莎氏學者們，如 Colerige, Hunter, Knight, Grant White, Henry Reed, Halliwell, Hudson, Erl Rygenhoeg 等，都認為奧賽羅是個紫棠色或淡棕色皮膚的摩爾人，而不是個黑人，至於洛竇列谷所以稱他是「厚嘴唇」，是因為求婚失意、妒火中燒而對情敵所發的醜詆（Knight），且摩爾人的嘴唇確要比威尼斯人的厚一點（White），而在莎氏作品裡或他的同時人的言詞文字裡，所謂膚色「黑」或「暗」實際上是指「brunette」（淺黑）而言，並無墨黑、漆黑之意。這使人想起我們的言詞裡呼一個皮膚較黑的美婦人為「黑牡丹」或「黑裡俏」，並不意味著她同松煙、煤炭或黑漆一般。

準了他往那裡去時，——我將使它在十二點和一點之間發生，——你可以任意攔截住他；我將在附近幫你忙，他一定會在你我之間給結果掉。來罷，莫在那裡猶豫不決，跟我一起走；我要講給你聽他不死不行，然後你將理會到你非對他下手不可。此刻是早該吃晚飯的時候了，這黃昏快完了；上緊罷。

洛竇列谷	我還得再聽聽這正經的因繇。
伊耶戈	你定將給說得滿意信服。　　　　　同下。

第三景

〔堡壘內另一室。〕
奧賽羅、羅鐸維哥、玳思狄莫娜、愛米麗亞
與隨從人等上。

羅鐸維哥　　我請您，將軍，尊駕就在此留步。
奧賽羅　　　啊！原諒我；走走[42] 對我有好處。
羅鐸維哥　　夫人，晚安了；多謝您盛情款待。
玳思狄莫娜　閣下能光臨，歡迎得很。
奧賽羅　　　　　　　　　　　　請先走
　　　　　　一步好嗎？大人？噢！玳思狄莫娜，——
玳恩狄莫娜　官人？
奧賽羅　　　你立刻上床睡覺去；我頃刻就會回來；遣走你那個
　　　　　　伴娘；仔細著做到這點。
玳思狄莫娜　我自會，大人。
　　　　　　　〔奧賽羅與羅鐸維哥及從人等〕下。
愛米麗亞　　現在怎麼樣？他看來比過去要溫和些。
玳思狄莫娜　他說他馬上就回來；他對我吩咐
　　　　　　就去睡，又要我遣你走。

42　Cowden-Clarke：這顯示心中在煩燥，身體就不得安靜。

愛米麗亞	遣我走！
玳思狄莫娜	這是他關照的；所以，好愛米麗亞， 把我的寢衣褲給我，就明兒再見； 我們如今再不能叫他不高興。
愛米麗亞	我但願你從未見過他來。
玳思狄莫娜	我不願如此；我把他喜歡到這樣， 就是他的粗暴、責難和顰眉蹙額，—— 請你，將別針解開，——也顯得氣概， 對我很可愛。
愛米麗亞	你要我鋪下的床單 我已經鋪在床上了。
玳思狄莫娜	沒有關係。說真話！我們的心思 多笨！若是我比你先死，要請你 在這兩條床單裡用一條來包紮我。
愛米麗亞	算了，算了，你在胡說。
玳思狄莫娜	我母親有一個青衣名叫巴白莉； 她愛上了個人，她愛的那個發了瘋， 將她拋棄掉；她有隻歌兒叫「柳條」； 那是支老山歌，但正好表白她命運， 她臨死時節就唱它；今晚上那山歌 老在我頭腦裡打來回；我得極力 控制著自己，不把頭偏得很低， 像可憐的巴白莉那樣唱著那山歌。 請你快一些。

愛米麗亞　　　　　　我要去取你的梳裝
長褂嗎？

玳思狄莫娜　　　　不用，這裡把別針放開。
這羅鐸維哥是一個體面人物。

愛米麗亞　出脫得極俊俏風流。

玳思狄莫娜　　　　　　他很會說話。

愛米麗亞　我知道威尼斯有這麼一位娘子，情願打著赤腳走到
巴勒斯坦去，只要能碰一下他的下嘴唇。

玳思狄莫娜　〔唱〕

這可憐的人兒悲嘆著，坐在無花果樹旁，

　　唱著一枝綠柳條；

她手捧著胸膛，頭兒低到在膝蓋上，

　　唱柳條，柳條，柳條：

清清的河水應和著，流過她跟前；

　　唱柳條，柳條，柳條；

她鹹鹹的眼淚落下來，石頭都軟綿；——

把這些留起來：——

〔唱〕唱柳條，柳條，柳條：

請你快一些；他就要來了。——

〔唱〕唱一枝綠柳條得要做我的花環。

　　　休讓人責備他，他對我的侮慢我喜歡，——

　　　不對，下面不是那麼樣。聽啊！誰在敲門？
愛米麗亞　　這是風。
玳思狄莫娜　〔唱〕我說我情郎太負心；他便怎麼講？
　　　　　唱柳條，柳條，柳條：
　　　　我若向女娘們求愛，你會跟漢子們要好。

　　　就這樣，你去罷；晚安。我眼睛在發癢；
　　　那預示要哭嗎？
愛米麗亞　　　　　　　　這沒有什麼相干。
玳思狄莫娜　我聽人這樣說。啊！這些男人，
　　　這些男人！告訴我，愛米麗亞，
　　　你果真認爲世界上有這樣的女人，
　　　欺騙她們的丈夫有這麼荒唐嗎？
愛米麗亞　　沒疑問，有這樣的女人。
玳思狄莫娜　　　　　　　　你肯做這事嗎，
　　　即令爲天大地大的好處？
愛米麗亞　　　　　　　　　哎也，
　　　你不肯做嗎？
玳思狄莫娜　　　　不肯，憑著這天光！
愛米麗亞　　在天光下面我也不肯做這種事；
　　　但在黑暗裡我也許會做。
玳思狄莫娜　　　　　　　你肯做

這事嗎，即令爲天大地大的好處？

愛米麗亞　天大地大的好處是件大好處；

這是做一件小壞事，博一椿大好處。

玳思狄莫娜　說真話，我想你不會肯去做。

愛米麗亞　說真話，我想我應當去做，做過後再設法消除彌補。

憑聖處女，我不會爲了一只和合戒指，或者多少碼

細布，或者多少件長外褂小襯衣，或者多少頂便帽，

或者不論什麼些些的津貼，去做這樣件事兒；但是

爲整整天大地大一椿好處，誰不願叫她丈夫戴上綠

頭巾，如果能使他變成一位帝王？爲這個我甚至願

意冒險跑進淨土界去經受火鍊。

玳思狄莫娜　天罰我，假使我幹得這樣的壞事，

即令爲天大地大的好處。

愛米麗亞　哎也，那壞事只是天地之間的一椿壞事；而有了天

地作爲你辛苦的報酬，那壞事便成了你自己天地裡

的壞事了，那麼，你很快就能把壞事弄好。

玳思狄莫娜　我想這世上不會有這樣的女人。

愛米麗亞　有的，有一打；而且再加上那麼多，

她們爲贏得這天地間，能叫它生滿了人。

可是我以爲這是丈夫們的過錯，

如果妻子們失足。譬如說，他們

忽略了應盡的責任，將我們份內

該享的財富注入野女人的懷抱，

或者鬧脾氣，因爲發了獸而嫉妒，

束縛住我們；或者，比如說，打我們，

或減少原先的支應，出於惡意；

哎也，我們會憤怒，雖然我們

有美德，可也能報復。丈夫們要知道，

他們的妻子跟他們一般有性慾[43]；

她們眼能見，鼻能嗅，有味官能知

酸甜，如同丈夫們一個樣。他們

把我們換上別人時，做的是什麼？

爲好玩？我想那是的；情感衝動

所造成？我想那是的；這樣的差失

可是個弱點？一點都不錯；那麼，

我們可沒有熱情、好玩的慾望、

弱點嗎，跟男子們一樣？所以，讓他們

好好待我們；否則，讓他們知道，

我們的壞事，是他們的壞事所致。

玳思狄莫娜　晚安，晚安；求上帝給我些行止，

不向壞榜樣去學壞，要反自策勵。

　　　　　　　　　　　　　　　　　同下。

43　原文「sence」，Malone與Dyce解作性慾，Schmidt解作五官或感覺。

第五幕

第 五 幕

第一景

〔近碧盎佳住處一街道。〕
伊耶戈與洛寶列谷上。

伊耶戈　　這裡，站在這店架子[1] 後面；他立刻
　　　　　就會來：握著你出鞘的匕首在手上，
　　　　　要刺中。得趕快，趕快；休要害怕；
　　　　　我將在你近旁。我們成功或失敗，
　　　　　都在這上頭；要想到那上頭，下定你
　　　　　最堅強的決心。

1　各版四開本原文作「Bulke」，Gollancz在其校註之Temple版莎氏全集
　　〔1894-1922〕《奧賽羅》劇本內，Skeat（*A Glossary of Tudor and Stuart
　　Words*, 1914），Onions（*A Shakespeare Glossary*, 1919）等都解作店舖前
　　部凸出的框架，用以展陳貨物者。Schmidt解作房屋的凸出部分。各版對
　　開本作「Barke」，Knight解作堡壘前凸出的部份，牆垛子或扶柱
　　（buttless）。

洛竇列谷　　　　　　　　躭在近邊；我也許
失著。

伊耶戈　　　　在這裡，就在你附近：要大膽，
守候在這裡。　　　　　　　　　　　〔退避〕

洛竇列谷　　　　　我對這件事沒多大
熱忱；可是他給了我滿意的理由：
這不過幹掉個把人：出枰來，劍兒；
叫他死。

伊耶戈　　　　　我把這小膿疱[2] 擦得差點兒
很痛，使他動了火。現在，不拘是
他殺了凱昔歐，或者凱昔歐殺了他，
或彼此互相格殺，都對我有利：
若洛竇列谷還活著，他要我取回
一大堆金珠寶石，我向他騙來
作禮品，說送給了玳思狄莫娜；
這決計使不得：假使凱昔歐留下，
他活在人間每天便是椿美事，
使我相形便見醜；而且這摩爾人，
可能會告訴他我對他的行徑；那樣，
我地位太危險。不行。他非死不可。
就讓它這樣[3] ——我聽到他在來了。

2　原文「young quat」相當於現代英語裡的「young scab」，意即年輕人的
　　「痤瘡」；「痤瘡」為流氓社會裡一句下流話，是指一個齷齪可鄙的傢
　　伙。

　　　　　　　　　　　　　　　　　　　　　凱昔歐上。

洛竇列谷　　我聽見他腳步；這是他。壞蛋，叫你死！

　　　　　　　　　　　　　　〔對凱昔歐投一衝刺〕。

凱昔歐　　　那一下戳擊該奪掉我的命，

　　　　　　但我這外掛比你所料想的要好；

　　　　　　我試試你的卻如何。

　　　　　　　　　　　　〔拔劍穿刺，擊傷洛竇列谷。〕

洛竇列谷　　　　　　　　啊！我死了。　　　〔踣地。〕

　　　　　　〔伊耶戈自後刺傷凱昔歐的腿，隨即下場。〕

凱昔歐　　　我永遠殘廢了。救人，喂呀！兇殺！

　　　　　　兇殺！　　　　　　　　　　　〔踣地。〕

　　　　　　　　　　　奧賽羅〔在遠處〕上。

奧賽羅　　　　凱昔歐的聲音：伊耶戈有信義。

洛竇列谷　　啊！壞蛋，我真是[4]！

奧賽羅　　　　　　　　　　一點不錯。

凱昔歐　　　啊，救人，喂呀！火把！醫生！

奧賽羅　　　這是他：啊，好個了不起的伊耶戈，

　　　　　　誠實又可靠，你叫我知道你對

　　　　　　你朋友受害，有何等豪俠之感。

3　各版四開本原文作「Be't so」，意如譯文；對開本作「But so」（但是這
　　樣）。Dyce校改為「But, soft」（但是，輕一點），雖好，恐非本來面目。

4　這是在悔恨自責。接著，奧賽羅誤以為凱昔歐在內疚自責，故曰「一點
　　不錯」。迨凱昔歐呼救之後，奧賽羅纔發覺這呼救的人方是凱昔歐，所
　　以說「這是他」。

　　　　刁頑的婢子，你那情郎躺著
　　　　已經死，你那可恥的命運來得快；
　　　　娼婦，我來了！那一陣妖媚，你那雙
　　　　秋波，已永遠打我心頭上消滅；
　　　　你那淫污了的床褥將玷上血跡。

　　　　　　　　　　　　　　　　奧賽羅下。

　　　　　羅鐸維哥與格拉休阿諾〔於遠處〕上。

凱昔歐　　喂呀！沒有守夜人？沒有人來往嗎？
　　　　兇殺！兇殺！

格拉休阿諾　這是什麼不幸事；這叫聲很可怕。

凱昔歐　　啊，救人！

羅鐸維哥　聽呀！

洛竇列谷　啊，慘極了的壞蛋！

羅鐸維哥　兩三個在呻吟叫苦：這夜晚好陰沈；
　　　　這些也許在裝假；我們要曉得，
　　　　來到呼救處沒更多人手不安全。

洛竇列谷　沒人來？那我要血流盡而死。

羅鐸維哥　　　　　　　　　　　　　聽呀！

　　　　　　伊耶戈持火炬上。

格拉休阿諾　這裡有人身穿襯衫，手拿著
　　　　火把同武器在來了。

伊耶戈　　　　　　　　　　誰在那裡？
　　　　是誰的聲音在叫喊兇殺？

羅鐸維哥　我們不知道。

伊耶戈	你們不聽到一聲
	叫喊嗎？
凱昔歐	這裡，這裡！爲天公，救我罷。
伊耶戈	什麼事？
格拉休阿諾	我看這是奧賽羅的掌旗官。
羅鐸維哥	果真是他；一個很勇敢的漢子。
伊耶戈	你們叫得這樣慘，是什麼樣人？
凱昔歐	伊耶戈？啊唷！我完了，給壞蛋送了命！
	救我一下。
伊耶戈	啊喲，我的天，副將軍！
	是什麼壞蛋幹的事？
凱昔歐	我想他們
	中間有一個還在這裡呢，跑不掉。
伊耶戈	啊，一些個多麼奸險的壞蛋！——
	〔對羅與格〕你們是什麼樣人？過來[5]，幫幫忙。
洛竇列谷	啊唷！幫我一下，這兒。
凱昔歐	那是他們裡頭的一個。
伊耶戈	啊也，
	兇殺人的奴才！啊，壞蛋！〔刺擊洛竇列谷〕
洛竇列谷	啊，打入
	地獄的伊耶戈！啊，沒人性的惡狗！
伊耶戈	黑暗裡殺人！這些血腥的強盜

5　原文作「進來」。

往那裡去了？這坊廂多麼靜悄！
——喂嘢！兇殺！兇殺！——你們是什麼人？
是好人還是壞人？

羅鐸維哥　　　　　　　　　說我們是好人；
你認識我們。

伊耶戈　　　　　　　是羅鐸維哥大人？

羅鐸維哥　　正是，足下。

伊耶戈　　我請您原諒。凱昔歐在這裡，有壞蛋
殺傷了他。

格拉休阿諾　凱昔歐！

伊耶戈　　怎樣了，兄長？

凱昔歐　　我的腿斫成了兩橛。

伊耶戈　　　　　　　　憑聖母，天不許！——
請照亮，貴人們；我把這襯衫來包紮。

碧盎佳上。

碧盎佳　　什麼事，喂呀？誰在這裡叫嚷？

伊耶戈　　誰在這裡叫嚷！

碧盎佳　　啊，親愛的凱昔歐！我心頭的凱昔歐！
啊也，凱昔歐，凱昔歐，凱昔歐！

伊耶戈　　啊，出色的婊子！——凱昔歐，您可能
疑心誰把您剁得血肉橫飛的？

凱昔歐　　不知道。

格拉休阿諾　我見您這般真傷心；我正來找您。

伊耶戈　　借給我一條襪帶。對了。——啊！

要一架滑竿把他輕手輕腳

打這裡抬走！

碧盎佳　　唉喲！他昏厥了過去！啊唷，凱昔歐，

凱昔歐，凱昔歐！

伊耶戈　　　　　　　列位貴人，我懷疑

這垃圾也是兇手中的一個。——且耐著

一會兒，親愛的凱昔歐。——拿來，拿來。

給我那柱火。——我們認識這臉龐不？

唉呀！是我的朋友和親愛的同鄉，

洛竇列谷？不對：是的，確乎是，

啊也，天呀！洛竇列谷。

格拉休阿諾　什麼！是那威尼斯人？

伊耶戈　　　就是他，大人：您認識他嗎？

格拉休阿諾　　　　　　　　認識他！

當然。

伊耶戈　　　　　格拉休阿諾大人？我請您

寬和地恕宥；為這些流血的事故，

請原諒我失禮，這般忽略了您大人。

格拉休阿諾　我見到足下很高興。

伊耶戈　　　　　　　您怎樣，凱昔歐？——

啊！要一架滑竿，要一架滑竿！

格拉休阿諾　洛竇列谷！　　　　〔一肩輿被舁入。〕

伊耶戈　　　他，他，這是他。——啊！說得對；滑竿：

讓什麼好心的人兒留神抬走他；

我去請將軍的外科醫師。——〔向碧盎佳〕說起你，

大娘，你不用麻煩。他這裡躺著，

遭兇殺，凱昔歐，乃是我親愛的朋友。——

你們之間可有什麼樣的讎恨？

凱昔歐　　　一點都沒有；我連這人都不認識。

伊耶戈　　　〔向碧盎佳〕什麼！你臉都急白了？——啊！

　　　　　　　　　　　　　　　抬走他，

休在這露天下面。——

　　　　　　　　〔凱昔歐與洛寶列谷被舁去。〕

　　　　　　　　　　　　且慢走，大人們。——

你臉都急白了，大娘？——你們可瞧見

她眼神那鬼樣。——莫那樣，你若呆瞪著，

我們就會有後聞可以聽到。——

好好瞧著她；請你們，注意著她：

你們見到嗎，大人們？不行，罪惡

會自我暴露，雖然舌頭不做聲[6]。

6　壞蛋幹了十惡不赦的壞事，理屈情虛，滿心恐懼，生怕人家看出了他的
　　破綻，便傾其平生之力，作轉移目標的宣傳，以期嫁禍於人。我們或許
　　可以套他自己的話來說他，

　　　　　　　　　　　　不行，罪惡
　　　　　　　會自我暴露，雖然舌頭在高聲
　　　　　　捏造、污衊、誹謗，顯見得兇手
　　　　　　自情虛，只可惜二公目光不敏銳。

　　雖然羅鐸維哥與格拉休阿諾一句也沒有理睬他，可是他獨自一個依然興
　　致勃勃，張牙舞爪地在那裡大聲疾呼。作者於四百年前能如此傳神地描
　　繪這「偉大」的犯罪者的心影，真可謂神來之筆。

愛米麗亞上。

愛米麗亞　　唉喲！有什麼事情？什麼事，丈夫？

伊耶戈　　　凱昔歐在這裡黑暗中，被洛竇列谷
　　　　　　和一些逃走的傢伙行兇襲擊：
　　　　　　他傷重得快死，洛竇列谷已死了。

愛米麗亞　　唉喲！親愛的君子人；唉喲，好凱昔歐！

伊耶戈　　　這是逛窯姐兒的結果。愛米麗亞，
　　　　　　你去問凱昔歐他今夜在那裡吃晚飯。——
　　　　　　什麼！你對那發抖嗎？

碧盎佳　　　　　　　　　　　　他在我屋裡
　　　　　　吃晚飯；但是我不會因那而發抖。

伊耶戈　　　啊！他是這樣嗎？我命令你同我走。

愛米麗亞　　呸，不要臉，娼婦！

碧盎佳　　　我不是娼婦；你把我這樣糟蹋，
　　　　　　我跟你生活得一般高貴。

愛米麗亞　　　　　　　　　　　　跟我！
　　　　　　噢！好不知羞恥！

伊耶戈　　　　　　　　　　　寬和的大人們，
　　　　　　讓我們去看可憐的凱昔歐裹傷。——
　　　　　　來罷，大娘，你定得告訴我們
　　　　　　另一椿故事。——愛米麗亞，你趕往
　　　　　　城防堡壘去，去告訴主公與主婦
　　　　　　發生了什麼事。你能先去嗎？〔旁白〕這夜晚，
　　　　　　不使我功業成，會叫我完全失敗。　　　同下。

第二景

〔堡壘內一臥室。〕
奧賽羅上，手持燭台，玳思狄莫娜睡在床上[7]。

---

7 初版四開本這裡的舞台導演辭作「奧賽羅上場，持一支光」，二、三版
四開本在後面加上「玳思狄莫娜在床上」；對開本則僅為「奧賽羅上場，
玳思狄莫娜在床上」。所謂「光」可以是燈，也可以是燭，但多半是一
支尖頭的細長蠟燭，插在燭台上。據Knight與兩位十九世紀德國莎作翻
譯家與學者Tieck與Ulrici的研究，在莎氏當時，舞台上的佈置是：主戲台
後部還有一隻小戲台，它也跟前面的大戲台一樣，有帷幕掩蓋著，演出
就在這樣的情況下進行；幕啓時玳思狄莫娜在作為她的眠床的小戲台上
睡著，奧賽羅上場來後將小戲台的帷幕拉開，然後繼續演下去。在近代
舞台上，名伶Edwin Booth的舞台設計是這樣的：這是堡壘裡的一間臥
室；床在舞台左側，安放在高出平地的矮壇上，床頭對著觀眾；正對著
床，在舞台右側是一扇大窗，幕啓時月光從窗外射到床上；臺中間，面
對著觀眾是一扇門和一隻做在牆壁上、有墊子的軟長椅；近床處放一隻
桌子，上燃燈火；玳思狄莫娜在床上睡著，奧賽羅站著。這樣，奧賽羅
握住她頸子按在床上，使她窒息而死，觀眾可以看見。Booth這設計，關
於月光一點，譯者覺得尚可商榷。如果有月亮，奧賽羅當會提起她而不
提起「你們貞潔的星辰」。雖然月光照在床上能增加浪漫氣氛，但與莎
氏原意恐不免相左，因為這一景是這齣慘絕人寰的悲劇的頂點，皎潔的
月亮也躲起來了（月黑夜），不忍露臉，臺上的光線不宜太亮，大窗（或
落地長窗）裡照進來的只是寥寥幾顆星；在這外界與內心都黯然銷魂的
氣氛中，奧賽羅不能自己地對貞潔的星辰們說，讓我休對你們提起那不
入耳的名兒罷：要這樣，我想，演出的氣氛纔能與劇詩的情調互相契合。
有些人主張在這一劇景裡玳思狄莫娜應當始終，或大部份時間，躺在或
坐在床上，而不宜下地來。英國名女伶番妮·堪布爾（Fanny Kemble,

奧賽羅	我為的是大義，是大義[8]，我的靈魂； 莫讓我對你們道出那罪名[9]，你們 貞潔的星辰！我為的是大義。可是我 不叫她流血，也不使她那比霜雪 還白，同雪花石膏般光滑的皮膚 受到傷殘。但是她一定得死，

1809-1893）批評義大利名伶薩爾維尼（Salvini）使玳思狄莫娜從小戲臺上走下來，站在它前面與奧賽羅進行對話，乃是違反了演出傳統，傷害了這一劇景的效果，且與莎氏意向不符，我覺得是不移之論。莎氏的用意，她說，是在使奧賽羅告訴他妻子，說她正在她畢命去的床上，而當他憤怒地命令她「靜悄，莫做聲」時，她回他道，「好的；什麼事？」這時候這悽惶的女子畏縮地爬在枕上，像一個可憐的、驚恐的孩子一般。的確，假使讓玳思狄莫娜面對奧賽羅站著說話，而不是在她那橫靠著的姿勢的柔弱無助的狀態中哀求憐憫，這整個劇景便會失去它最可憐的成份；雖然我們沒有疑問，什麼女伶人，只要她有本領對付這情景，可以從床上衝下來投到奧賽羅跟前地下，同時尖聲發出這否認，「沒有，沒有，沒有；把這人叫來，問他」，——那樣做是能產生非常有力的效果的。名伶Fechter的舞臺設計裡有一隻高聳而優雅的威尼斯式燈臺在床頭照著，幕啓時玳思狄莫娜睡著，在她手邊掉在地上有一面梳粧鏡子。這設計與這位伶人所瞭解的第一行與第三行裡奧賽羅連說三次「It is the cause」有關，因為Fechter表演奧賽羅時從地下撿起了鏡子來自照一下，見到裡邊古銅色的自己的面容後怒不可遏，說「這是原因，這是原因」，意即玳思狄莫娜之所以對他不貞是因為不滿於他的膚色，隨即將鏡子扔入面對觀眾的舞台後面的陽台外面海裡去。這樣瞭解第一行與第三行，以及採取這些動作，我覺得都病於庸俗，殊為不當。

8　從Steevens所釋，「我所主持的是貞潔與美德的大義」。Hudson也解得貼切，「不能說我將採取的行動係出於個人動機或因嫉妒而報復」。

9　原文只是「它」，意即通姦那罪名。在希臘、羅馬神話裡，月亮為Artemis & Diana女神；她們象徵貞潔，又為林木之神與處女射獵者。拱繞著貞潔女神月亮的眾星辰，在古典詩歌裡因而被認為都是些環侍著她的處女。

否則她將會誆騙更多的男人。

滅掉這支光,然後再滅掉這支光:

我若滅掉你,融融的僕使,我還能

恢復你原先的光焰,如果我後悔;

但只要熄滅了你的光,你這奇絕

神天、妙趣千般的傑製[10],我不知

何處有大羅天靈明的真火[11],能重燃

你已熄的光焰。當我摘下了玫瑰,

我不能再使它活生生欣榮滋長,

它祇有萎謝:我將在枝頭上嗅它。　　　吻伊。

啊,芳香的氣息,你幾乎勸得

正義女神砸碎了她的劍!再一次,

再一次。你死後能這樣,我把你殺死後

還是會愛你。再一次,這是最後的:

這樣溫馨的,從沒有這樣惡毒。

我一定要哭泣,但流的是殘忍之淚;

這悲傷只應天上有,它懲罰,可也愛。

她醒了。

玳思狄莫娜　　　　誰在那裡?是奧賽羅嗎?

10　直譯當作「你這出奇的造化所創的最巧妙的傑作(或模範)」,但嫌平
　　淡乏味,而且囉唆。

11　「Promethean heat」,意即澄羅米修士大神從天上偷下來賜給人間的神火,
　　它有起死回生之力。道家以大羅天為仙界最高之天,那裡大梵之氣包羅
　　氤氳,上有七寶樹彌覆八方諸天。

奧賽羅　　　　是的，玳思狄莫娜。

玳思狄莫娜　　　　　　　　你上床來嗎，官人？

奧賽羅　　　　你今夜禱告了沒有，玳思狄莫娜？

玳思狄莫娜　　禱告了，官人。

奧賽羅　　　　　　　　　假使你記得有罪過
還不曾向上帝求得寬恕，可馬上
去祈求。

玳思狄莫娜　　　　唉呀！官人，你什麼意思？

奧賽羅　　　　唔，祈禱罷，簡短些；我在旁踱著步[12]；
我不願殺掉你不曾準備好的神明；
不；上天莫讓我！我不殺你靈魂。

玳思狄莫娜　　你說要殺我？

奧賽羅　　　　　　　　不錯，我是這樣說。

玳思狄莫娜　　那麼，上天對我捨仁慈！

奧賽羅　　　　　　　　　　　亞們！
我心願如此[13]。

玳思狄莫娜　　　　　你若這麼說，我希望
你不會殺我。

奧賽羅　　　　嘸！

玳思狄莫娜　　可是我還是怕你；你這樣眼瞪瞪，
煞是駭怕人。為什麼我要害怕，

---

12 Booth：奧賽羅踱著步。

13 Booth：說此時傾注著整個心神與靈魂。

　　　　　　　　　我可不知道，因爲我不知有罪過；
　　　　　　　　　但是我仍然覺得怕。

奧賽羅　　　　　　　　　　　想著你的罪孽。

玳思狄莫娜　它們只是我對你的愛情。

奧賽羅　　　　　　　　　　　　　是了，
　　　　　　　　　爲那個你將死。

玳思狄莫娜　　　　　　　那死得不合天理，
　　　　　　　　　爲愛情而要殺死。唉呀！爲什麼
　　　　　　　　　你那樣咬著你的下嘴唇？有什麼
　　　　　　　　　血腥的激情震得你全身顫動[14]；
　　　　　　　　　這些是凶兆，可是我希望，我希望
　　　　　　　　　它們並不針對我。

奧賽羅　　　　　　　　　　噤口，莫做聲！

玳思狄莫娜　好的。什麼事？

奧賽羅　　　　　　　　那手絹我這樣心愛，
　　　　　　　　　我給了你，你給了凱昔歐。

玳思狄莫娜　　　　　　　　　　　沒有，
　　　　　　　　　憑我這生命和靈魂　把這人叫來，
　　　　　　　　　問他。

奧賽羅　　　　　　親愛的人兒，當心啊，當心
　　　　　　　　　賭假咒；你正在你畢命去的床上。

玳思狄莫娜　是的，可還不得死[15]。

14　Fechter：她推開了被頭，起身坐在床上。

奧賽羅	不然，馬上死；
	所以，要坦白供認你所犯的罪辜；
	因爲，你發誓否認我數你的每一椿
	壞事，不可能去除或消滅我胸中
	爲之呻吟的強烈的毒恨。你得死。
玳思狄莫娜	那麼，上帝對我捨仁慈[16]！
奧賽羅	我說，
	心願如此。
玳思狄莫娜	你也對我捨仁慈！
	我這一輩子從未得罪你；我從未
	愛過凱昔歐，只除了在上天所允許
	那範圍裡邊愛過他；我從未給過他
	信物。
奧賽羅	憑上天，我看見我那條手帕
	捏在他手裡。啊，賭假咒的女人！
	你把我的心變成了石頭，使我
	將我正要做的這事叫做兇殺，
	我原來只是想要對上帝獻禮[17]；

15　Booth：玳思狄莫娜下床來，顫兢兢地靠在床上。

16　Booth：站不住了，沉下去。從這裡起到「啊！趕我走，官人」，她斜倚在床座的步級與矮壇上。

17　Johnson：我高興已經校勘完畢了這一可怕的劇景。這真是不能忍受。
　　Halliwell：許多讀者也許會同情約翰蓀博士結尾那句話。不去辯論寫作這篇悲劇所顯示的奇橫的筆力，我心靈上感到的是，在這一劇景內和在伊耶戈這個可惡到絕點的性格裡，有東西這麼樣令人心中作噁，簡直使

　　　　　　　　我親眼見到那手帕。

玳思狄莫娜　　　　　　　　　那是他撿到的；

　　　　　　　　我從未給過他手帕。叫他到這裡來；

　　　　　　　　讓他來說句真話。

奧賽羅　　　　　　　　　　他已經承認[18]。

玳思狄莫娜　什麼，官人？

奧賽羅　他承認他已經用過你。

玳思狄莫娜　　　　　　　　怎樣？非法地？

奧賽羅　是的。

　　研讀《奧賽羅》這個劇本變成了不是個愉快的責任，而是個痛苦的義務。
Furness：我毫不畏葸地說，我願意這本悲劇從未被作者寫出來過。前面
幾幕裡那無窮無盡的詩思所能給予人的愉快，不論怎樣猛銳或高亢，對
於我的氣質來講，無論如何也不能抵補，而只能增加，這最後一景的無
法言宣的慘怛。對於校勘者與研讀者，這悲劇既有如此創鉅痛深的感覺；
對於迻譯者來說，那苦痛有過之無不及當可不言而喻。

18 Hales：〔自此起至「啊！趕我走，官人，但不要殺死我！」〕大體上講
　　來，莎士比亞喜歡描繪這人世間宏偉的道德律的作用，以及顯示違反了
　　它們、那懲罰將是多麼可怕。但有時候他展露出一個更加可怕的景像，
　　——一個神秘的、不可究詰的、使靈魂為之仆倒的景像。這就是「命運」，
　　盲目，不能說動，兇殘無饜。玳思狄莫娜正是「命運」的最精選的遭難
　　者之一。她的明艷倒成了她的敵人。她的美德把毀滅帶給了她。最天真
　　無邪的東西被解釋成為控訴她的證據。服從了她清澈的靈明的最好本
　　性，她卻激起了最惡意的疑慮，招致了最苦恨的譴咎。她口中的真實，
　　被當作欺誑。在現在這一段裡，她的回答，由於一個幾乎無法使人相信
　　的災禍，也正因為她天性的清純無猜，而恰恰證實了奧賽羅對她的可恨
　　的訴罪。回答能比她這些個更加不幸嗎？她是墮入了「命運」的羅網之
　　中，無法逃脫。我們可以比她的希臘文名字「$\delta\mu\delta\alpha\tau\mu\omega\upsilon$」（犯了災
　　星）更進一步，說她是「$\delta\upsilon\sigma\delta\alpha\iota\mu\omega\upsilon\tau\alpha$」（被災星所命定）。她
　　不僅不幸福，而且是無幸福本身。

玳思狄莫娜	他不會這麼說。
奧賽羅	不，他的嘴

沈默了；誠實的伊耶戈已著手做這事。

玳思狄莫娜	啊！我的恐懼說明了。什麼？他死了？
奧賽羅	如果他每一根頭髮有生命，我對他

無比憤怒的報讎準能把它們

全消滅。

玳思狄莫娜	唉喲！他給出賣了，而我就毀了。
奧賽羅	滾蛋，娼妓！你當我的面哭他？[19]
玳思狄莫娜	啊！趕我走，官人，但不要殺死我！
奧賽維	下去，娼妓！
玳思狄莫娜	明天殺我；讓我今晚上活一夜！
奧賽羅	不行，你若要掙扎，——
玳思狄莫娜	只半個鐘頭！
奧賽羅	動了手就不能躊躇[20]。
玳思狄莫娜	讓我只做一次禱告！
奧賽羅	太晚了。

揪住使窒息而死[21]。

19　Booth：狂怒。他講下一句話後有一個生死的掙扎，那時候她回到床上，
　　奧賽羅的身體隔著她和觀眾。

20　這是原文的一解。另一解是Kinght的說法：這句話不是對玳思狄莫娜說
　　的，而是奧賽羅表示他自己頭腦裡的想法。他的愛情與他那受害的榮譽
　　二者之間的衝突已經過去；當她對他妻子舉起了他殺害的手時，他認為
　　報應的行動已經做到了。這確是做到了。為僅僅幹完他的暴行，那是椿
　　仁慈的事，「就不能躊躇」。

愛米麗亞在門首。

愛米麗亞　〔在內。〕主公，主公！喂呀！主公，主公！

奧賽羅　　是什麼聲音？沒有死？還沒有死透？

　　　　　我雖然殘忍，可是還得要仁慈；

　　　　　我不願你在痛苦中遷延下去。

　　　　　這樣，這樣[22]。

21　Booth：長時間的停止動作。愛米麗亞的叩門聲不應太響。

22　據Collier於十九世紀三〇年代所發現的一隻作於《奧賽羅》這劇本已經
演出後、作者失名而當時未曾印行的「歌謠」，題目〈摩爾人奧賽羅之
悲劇〉——據那隻「歌謠」裡所說，最早飾演奧賽羅的伶人，莎士比亞
的朋友與戲班同事裒貝琪（Richard Burbage），他手刃了玳思狄莫娜，
「那裡把他那烏黑的雙手／他染得殷紅火赤。」但這隻歌謠的年代有可
疑之處，因而裒貝琪的手刃也發生了問題。十八世紀七〇年代Francis
Gentleman在一篇評論當時名伶茄立克（David Garrick, 1717-1779）的演
出時，說到玳思狄莫娜在窒息過去之後復甦回來，未經行兇而再行死去，
顯得未免荒唐；所以他稱讚茄立克的創新演法，讓奧賽羅手刃她，她流
了血同時恢復了說話能力，跟著再死去，為演出技術上非常合理的一著。
Steevens, Rann, Knight, Collier, Hudson等學者都贊同此說。Knight謂，奧
賽羅雖曾說過「我不叫她流血」，但在這慘痛與恐怖的頃刻間，當他說
「沒有死？還沒有死透？」的時候，他把以前的決定忘記了。Delius不同
意這說法，說假使莎士比亞用意是要使奧賽羅手刃玳思狄莫娜，他一定
會在這上下文裡給我們稍許暗示，不論怎樣些微，以資推論而確定這一
點。缺少這個暗示，加上擺明了舞台導演辭，迫使我們猜想奧賽羅說「這
樣，這樣」時，他重新按著她的頸子將她窒息而死。Cowden-Clarke相信
「這樣」只是用來表示奧賽羅堆些衣服，壓個枕頭在她嘴上。Booth：當
你手刃和呻吟「這樣，這樣」時，用戰慄的手將你的臉遮起來；那鋼鋒
是在穿刺你自己的心房。這些名伶與學者們所以覺得奧賽羅當是手刃了
玳思狄莫娜，原因在於他們認為她既然窒息過去之後能甦醒回來，但過
了一陣說了三句話之後忽又不復掙扎而悄然死去，乃是不可能或不合理
的，除非奧賽羅說「這樣，這樣」時因不忍她遷延不死而拔出匕首或短

愛米麗亞	〔在內。〕喂呀！主公，主公！
奧賽羅	誰在那裡？
愛米麗亞	〔在內。〕啊也，親愛的主公，
	我要跟你說句話！
奧賽羅	好的；這是
	愛米麗亞：等一下。她死了。大概是
	她來報信凱昔歐已經死：這聲音
	轟鬧得很[23]。嘻！不再動了嗎？

劍來刺她一下，而且擊中了要害。Furness提出兩個問題：如果他們的猜測是對的，玳思狄莫娜之死於劍刃跟奧賽羅下面所說她蒼白得跟她的襯衣一樣又有不可調和的衝突；如果她確被窒息而死，她的臉似應紫脹而不會蒼白，除非莎氏確曾見到過這樣的例子。Furness將這劇景全文送交七位他所認識的名醫師，在這些字句下面都畫上了著重線條：「我不叫她流血」；「這樣，這樣」；「她死了」；「嘻！不再動了嗎？跟墳墓一般靜」；「我想她又在動；——沒有」；玳思狄莫娜被窒息後所說的三句話；「您侭女躺在那邊，／她的氣，當真，這雙手剛使它停止」；以及「跟你的襯衣一般蒼白」：——另外再提出六個問題向他們請教。他們的答覆雖然不完全一致，而且因為太長，這裡不可能譯出來，但總起來說，大多認為她是被窒息而死的，不是畢命於匕首或短劍擊中了要害。我覺得Dr. William Hunt與Dr. Ad. Lippe的答覆最令人滿意：前者云，她死於喉頭的環狀軟骨破裂（fracture of the cricoid cartilage of the larynx），加上氣腫(emphysema）與神經性休克（nervous shock）；後者謂，是出於慢慢地被悶窒而死，以及強烈的情緒促使心臟停止活動。在這兩種情況之下，臉色都是蒼白的，傷者能在臨死前以沙啞的低聲說兩、三句話。至於「這樣，這樣」，大多數的意見是說，此時奧賽羅正在加緊扣住她的頸子。

23 Booth：這是指他跟玳思狄莫娜的掙扎，她的叫聲和他的怒斥合在一起很響。（Irving以為這是指愛米麗亞的拍門聲。）Furness認為這是指洛實列谷襲擊凱昔歐時的轟鬧聲。

　　　　　　　墳墓一般靜。她可以進來嗎？這可好？

　　　　　　　我想她又在動：沒有。做什麼最好？

　　　　　　　她若是進來，準會跟我妻子[24] 說話：

　　　　　　　我妻子！我妻子！什麼妻子？我已經

　　　　　　　沒妻子：啊，受不了！啊，沈重的時刻！

　　　　　　　我看來如今應當有一次大日蝕、

　　　　　　　大月蝕，嚇壞了的地球應當見到了

　　　　　　　這巨變而裂開一個大缺口[25]。

愛米麗亞　　　　　　　　　〔在內。〕我請你

　　　　　　　讓我跟你講句話，親愛的主公哎。

奧賽羅　　　我把你忘記了：啊！進來罷，愛米麗亞：

　　　　　　　等一下，就來：讓我把帳幃放下來。

　　　　　　　你在那裡？　　　　　　　〔開門鎖。〕

　　　　　　　　　　　　愛米麗亞上。

　　　　　　　　　你現在有什麼事情？

愛米麗亞　　啊喲，親愛的主公，那裡發生了

　　　　　　　兇殺[26]。

奧賽羅　　　　　什麼？現在？

---

24 Booth：說到這裡，他停住了，目瞪口呆，或許說，被這樣個奇怪的字眼
　　所困惑住，自問自地喃吶了兩次以後，隨即以心情恐怖的全力，幾乎以
　　尖銳的喊叫聲講出「我沒有妻子！」跟著就倒在舞臺後部中間的軟長椅
　　上，那裡他一邊全身扭捩著，一邊說出下面的幾行。

25 L. Mason：當時人以為日、月蝕時或過後總有地震。

26 Booth：奧賽羅為之一怔。

愛米麗亞	剛纔，主公。
奧賽羅	這正是月亮偏離了她那軌道， 她比素常時行得更近了地球， 使人們瘋狂。
愛米麗亞	凱昔歐，主公，殺掉了 一個叫洛竇列谷的威尼斯後生。
奧賽羅	殺死了洛竇列谷！凱昔歐給殺了？
愛米麗亞	沒有，凱昔歐沒有給殺死。
奧賽羅	不是凱昔歐給殺死！那麼，兇殺 走了腔，甜蜜的報仇變成了酸苦。
玳思狄莫娜	啊！兇殺得錯透，錯透。
愛米麗亞	唉喲！ 那是什麼叫聲？
奧賽羅	那個！什麼？
愛米麗亞	說出來，唉喲！那是娘娘的聲音[27]： 救人！救人，喂呀！救人！啊呀， 娘娘，再說呀！親愛的玳思狄莫娜！ 啊也！親愛的娘娘，說話也罷。
玳思狄莫娜	我沒有罪而死。
愛米麗亞	啊！誰幹的這事？
玳思狄莫娜	沒有人；我自己；祝別了：勸我 仁慈的官人紀念我。啊！祝別了[28]！　〔死去。〕

27　Booth：愛米麗亞衝到床前，把帳幃捲起。

奧賽羅	哎也，她怎樣給兇殺的？
愛米麗亞	唉呀？誰知道？
奧賽羅	你聽她自己說的，那並非是我。
愛米麗亞	她是這麼說；我一定得講真話。
奧賽羅	她像個打入烈火地獄的撒謊者； 是我殺死了她呀[29]。
愛米麗亞	啊！她更顯得 是個天使[30]，而你更是個惡魔。
奧賽羅	她變得淫蕩起來，成了個娼妓。
愛米麗亞	你撒謊污衊了她，你是個魔鬼。
奧賽羅	她跟流水般無情義。
愛米麗亞	說她無情義，

---

28 Booth：這臨終之言應當打動了奧賽羅；他相信她垂死前還〔為了他〕撒
　　這個謊，因而顯示出內心多麼痛苦。他的下一句話是在哽咽中說出的。

29 Booth：說這一行半時用深沉的情感，不可出以無動於衷的聲音。

30 Hudson：愛米麗亞分明是說，玳思狄莫娜說了剛纔那句謊言更顯得她是
　　個天使。當然，所有心神正常的人都得同意她；無論如何，我也是不能
　　不為這句謊言而更加敬愛、尊崇玳思狄莫娜的許多人中間的一個。因為，
　　的確，這甜蜜的可愛的苦難人知道奧賽羅是被某一駭人聽聞的妄想所驅
　　使著；有一股可怕的庚氣迫使他心不由己，不能自主；他一定會遭受到
　　那不堪設想的後果，所以要比她自己更成為哀憐的對象；他神態間那不
　　可言宣的愴痛絞得她純潔的靈魂發出一派憐憫，如此地強烈，以致使她
　　毫不感覺到她自己垂死前的那陣苦痛；所以她臨終時最後的呼息，被她
　　溫柔悌惘地切望能庇護他的情愫化得神聖非凡──竭盡她的能力庇護
　　他，使真相大白時，他能夠不受等著要對他內外夾攻的可怕的懲創的打
　　擊。玳思狄莫娜臨死前的謊言，它的源頭與泉脈原來是這麼淵深而聖潔！
　　這句謊言，乃是真理本身的聖潔中所產生出來的！

	你同烈火般莽撞：啊！她深情
	真摯好比是天人。
奧賽羅	凱昔歐登上她身子；問你的丈夫。
	啊！我會給打入地獄的最下層，
	若不憑真確可靠的原繇來進行，
	到這般酷烈的程度[31]。你丈夫全知道。
愛米麗亞	我丈夫！
奧賽羅	你丈夫！
愛米麗亞	說她不忠於婚姻？
奧賽羅	不錯，是跟凱昔歐。而且，如果她
	情義真，即令皇天把整整一巨方
	瓊珍豪貴的橄欖石給我造成了
	另一座這樣的世界，也休想叫我
	去將她交換。
愛米麗亞	我丈夫！
奧賽羅	是的，這是他首先告訴我：
	他是個誠實人，痛恨黏在淫穢
	勾當上的泥污。
愛米麗亞	我丈夫！
奧賽羅	何用這重複，
	娘們？我說你丈夫。
愛米麗亞	啊唷，娘娘！

---

31 Booth：這兩行半用勁說，以辯解他自己的行動。

　　　　　　奸惡對愛情來了個嘲諷。我丈夫
　　　　　　說她無情義！

奧賽羅　　　　　　　　　是他，娘們；我是說，
　　　　　　你丈夫：你懂得我嗎？是我的朋友，
　　　　　　就是你丈夫，誠實的，誠實的伊耶戈。

愛米麗亞　如果他這樣說，叫他那惡毒的靈魂
　　　　　　每天爛掉它半丁點兒！他撒謊
　　　　　　撒進了心裡頭：她太愛她那卑鄙得
　　　　　　不值半文錢的寶貨。

奧賽羅　嘻！

愛米麗亞　隨你去怎麼辦：
　　　　　　你做的這件事見不得皇天，正如你
　　　　　　配不上有她。

奧賽羅　　　　　　禁聲！我叫你。

愛米麗亞　　　　　　　　　　你沒有
　　　　　　傷害得了我的一半力量來損傷我。
　　　　　　啊，蠢奴才！啊，笨鱉蛋！跟泥巴
　　　　　　一般吃矢地愚駭！你幹得好事，——
　　　　　　我不把你的劍放在我眼裡；我準會
　　　　　　叫大家知道你，即令要丟掉二十條
　　　　　　性命。救人！救人，喂喲！救人啊！
　　　　　　摩爾人殺死了我娘娘！兇殺！兇殺！

　　　　　　蒙塔諾、格拉休阿諾、伊耶戈〔與從人等〕上。

蒙塔諾　什麼事情？怎麼樣說法，將軍？

愛米麗亞	啊！你來了，伊耶戈？你幹得好事， 人家得把兇殺掛在你頭上。
格拉休阿諾	什麼事情？
愛米麗亞	你若是個人，拆穿這壞蛋的謊話， 他說你告他，他妻子對他不貞潔[32]。 我知道你沒有，你不是這樣個壞蛋。 說呀，我的心脹得要爆破。
伊耶戈	我把我所想的告訴了他，我講的 不超過他自己所見的彰明而真實。
愛米麗亞	但是你是否對他說過她不貞？
伊耶戈	我說過的[33]。
愛米麗亞	你撒謊，撒了個齷齪、混帳的謊話； 憑我的靈魂，一個狠毒的惡謊。 她跟凱昔歐通奸！你說跟凱昔歐？
伊耶戈	是跟凱昔歐，大娘。得了罷，莫多話。
愛米麗亞	我非得多話不可；我一定得講。 我娘娘在這裡躺在床上遭兇殺。
大家	啊，上天莫叫這樣！
愛米麗亞	而你的話造成了這個兇殺。

---

32 Booth：伊耶戈顯得橫定了心，瞪目而視；堅定不移，——她說完後他稍停一下纔答話，頑固地。

33 Booth：簡短而尖銳。說時他向她投射疾速的、鋼刺似的一瞥，表示輕蔑，但當她接著開腔時不禁氣沮，而是在絕望中拚著命說「是凱昔歐，大娘。……」這句話的。

奧賽羅　　　別那麼眼瞪瞪，大人們；確是的，當真。

格拉休阿諾　這倒是怪事。

蒙塔塔　　　　　　　　啊，駭怪的行徑！

愛米麗亞　　惡辣！惡辣！惡辣！我此刻想到，

　　　　　　我想我嗅到[34]；啊，奸險惡辣！

　　　　　　那時候[35]，我想到；我要傷心得死掉。

　　　　　　啊，惡辣，惡辣！

伊耶戈　　　什麼！你瘋了？關照你，回家裡去罷。

愛米麗亞　　尊敬的大人們，請准許我來說話：

　　　　　　我應當對他服從，但此刻不能。

　　　　　　也許，伊耶戈，我將永遠不回家。

奧賽羅　　　啊！啊！啊！[36]　　　　　　奧賽羅仆倒床上。

愛米麗亞　　　　　　　去罷，倒下去

34　這斷續法與標點從Staunton。各版對開本作「我想到：我嗅到：」知名的
　　Globe本及Hudson, Rolfe, White（第二版）等都從它。許多現代版本則都
　　從Rowe的讀斷與標點法，「我想到，我嗅到，」——這就病於太碎。

35　Steevens：這是指當她把玳思狄莫娜的手帕給伊耶戈的時候；因為就在「那
　　時候」，愛米麗亞便已顯得疑心他向她討它不是為什麼誠實的目的，所
　　以問她的丈夫說，「你要把它怎麼樣，這般急切地／要我把它偷？」（三
　　幕三景三百十餘行處）。Cowden-Clarke：這是指四幕二景一百三十餘行
　　處，她說「我寧願給絞死，／若不是什麼駭人的壞蛋，……」這句話時
　　候的懷疑；她現在似乎正要說，「那時候我曾想到有壞蛋在那裡搗鬼，
　　可是想不到那壞蛋就是我丈夫。」想到伊耶戈居然能幹出這樣十惡不赦
　　的壞事來，她不禁打斷她自己說了半句的話，插入「我要傷心得死掉。」
　　譯者覺得這一疏解似可曲盡原意之隱妙。

36　Booth：伊耶戈惡意地欣然凝視著，默默得意。愛米麗亞坐在軟長椅上。

	號叫罷，因為你殺死了曾對這世上 舉目過的最可愛的天真無邪的人兒。
奧賽羅	啊！她是罪惡的。我幾乎不知你 在這裡，叔父[37]。您侄女躺在那邊， 她的氣，當真，這雙手剛使它停止： 我知道這行動顯得可怕而嚇人。
格拉休阿諾	可憐的玳思狄莫娜[38]！我高興你父親 已經死。你這樁婚事對他致了命， 把他老命的線兒一剪成兩段： 他若是現在還活著，這形景會使他 幹出喪心病狂的禍事來，是呀， 詛咒保護他的吉神離開他身邊， 而墮入地獄去，永遠不能得超生。
奧賽羅	這煞是可憐；可是伊耶戈知道 她跟凱昔歐幹過那醜事一千遍； 凱昔歐自己供認過：而她便報答 他那些色情的功夫，給了他我早先 送她的誓物和寄愛徵。我見那東西 拿在他手裡：這是條手帕，我父親 給我母親的[39] 一件古老的信物。

---

37 格拉休阿諾上場來後不久，當他發現他侄女已死，就倒在一隻放在床前的凳子上。

38 Delius：格拉休阿諾似乎是來到塞浦路斯島，專為帶她父親的死訊給玳思狄莫娜的。

愛米麗亞	啊唷，天呀！啊唷，上天的神威！
伊耶戈	來罷，莫做聲[40]。
愛米麗亞	我要講出來，講出來；
	要我莫做聲麼，你？不成，告訴你；
	不行，我要跟老北風一樣公開；
	儘管上天、人們、魔鬼，讓他們
	全都，全都羞辱我，我還是要講。
伊耶戈	識相點，回家裡去罷。
愛米麗亞	我不去。

〔伊耶戈威脅欲刺愛米麗亞。〕

格拉休阿諾	可鄙！
	你的劍用來刺女人？
愛米麗亞	啊，你這蠢傢伙摩爾人！那手帕
	是我偶然檢到了，給了我丈夫，
	因爲屢次三番，以嚴肅的殷切，——
	這麼件小東西，當真，不值得如此，——

---

39 Steevens：在三幕四景約六十行處奧賽羅說是個「埃及人」送給他母親的；在這裡他又說是他父親。這有人曾非難爲莎士比亞的失誤，但也許這只是他藝術的又一新證。奧賽羅所講的有關那手帕的第一個說法是故意浮誇的，用意是要嚇他妻子一下。他第二次說起它時，說實話已能滿足他的目的。Cowden-Clarke：就是這一下稍稍與事實有出入也有它自己的報應。假使奧賽羅不用那條手帕的描摹過度激起玳思狄莫娜的恐懼，她也許不致被引入支吾搪塞之中，以致說了假話。

40 Booth：伊耶戈沒有想到她會暴露他的秘密，現在便震驚起來而劇烈發抖了。

他央我把它偷到手。

伊耶戈　　　　　　　　　　　下賤的娼婦！

愛米麗亞　她把它給的凱昔歐——不是，唉呀！
　　　　　我把它檢到，我把它給了我丈夫。

伊耶戈　　濫污，你撒謊！

愛米麗亞　　　　　　　　憑上天，我沒有，沒有，
　　　　　大人們。啊，殺人兇手傻瓜蛋！
　　　　　這樣個蠢蛋，有了這樣好的老婆
　　　　　怎麼辦？

奧賽羅　　　　　　上天難道再沒有霹靂，
　　　　　只除了供打雷時候用[41]？寶貝的壞蛋！
　　　　　〔奔向伊耶戈。伊耶戈衝刺愛米麗亞，隨即
　　　　　　　　　　下場。[42]〕

格拉休阿諾　這女人倒了：他準是殺了他妻子。

愛米麗亞　是的，是的；啊！葬我在娘娘
　　　　　身邊。

格拉休阿諾　　　他走了；他老婆已給他殺掉。

蒙塔諾　　這是個惡毒透頂的壞蛋。你接下
　　　　　這柄劍，這是我打摩爾人手裡

---

41 Malone：天上難道沒有個額外的霹靂嗎，可以逕自扔到這窮兇極惡的壞
　　蛋頭上去？是否它那武器庫裡所有的儲藏都得留作普通尋常的雷霆用？

42 各版四開本導演辭作：摩爾人奔向伊耶戈；伊耶戈殺其妻。各版對開本
　　無此導演辭。Rowe作：伊耶戈衝破攔阻，傷其妻，隨即下場。Dyce作：
　　奧賽羅擬衝刺伊耶戈，但為蒙塔諾奪去其劍。

　　　　拿來的。來罷，在外邊守衛住大門，
　　　　休讓他通過，格殺勿論。我也來
　　　　擒拿這惡賊，這是個極可惡的奴才。

　　　　　　　　　　　〔與格拉休諾同〕下。

奧賽羅　　我勇武都說不上，每個小猴兒崽子
　　　　都能解除我的劍。但是爲什麼
　　　　基本的正直已消亡，還殘留著尊榮[43]？
　　　　讓它也同歸於盡。

愛米麗亞　　　　　　　　你的歌，娘娘，
　　　　預兆些什麼？聽啊，你聽到我嗎？
　　　　我要像臨死的白鵠一般，在挽歌
　　　　聲中死去：〔唱〕

　　　　　　　　柳條，柳條，柳條——
　　　　摩爾人，她是貞潔的；她愛你得很，
　　　　狠心的摩爾人；我靈魂要超升極樂界，
　　　　因爲我說的儘真話；說著心裡事，
　　　　我死去，死去。　　　　　　〔死去。〕

奧賽羅　　　　　　　這裡我還有柄利器；
　　　　這是把西班牙寶劍，打造時用冰水
　　　　淬鍊。啊！在這裡。——叔父，我得來。

格拉休阿諾　〔在內〕假使你要試，就要付很高的代價：
　　　　你沒有快口，一定得吃點苦頭。

43　從L. Mason的疏解。

奧賽羅　　　那麼，進來瞧瞧我，跟我來打話，
　　　　　　或許，赤手空拳[44]，我也能把你鬥。

　　　　　　　　　　　　　〔格拉休阿諾上。〕

格拉休阿諾　有什麼事情？

奧賽羅　　　　　　　　瞧罷！我有柄利器；
　　　　　　武士的腰間從未佩戴過更好的：
　　　　　　我見過那日子，使著這小小的臂膀，
　　　　　　這精良的長鋏，我所向披靡無阻，
　　　　　　穿經你所能起的障礙不下二十倍：
　　　　　　但那是，啊，無聊的誇耀！誰能夠
　　　　　　控制自己的命運？這如今不然了。
　　　　　　不用害怕，雖然你見我佩著劍；
　　　　　　這是我行程的盡頭，是我的終局，
　　　　　　我航路已到了極限的標誌。你是否
　　　　　　害怕而後退？這是個徒然的恐懼；
　　　　　　把一根燈芯草指向奧賽羅的胸膛[45]，
　　　　　　他就會後退。奧賽羅應往那裡去[46]？
　　　　　　卻說，現在你看來是怎麼個模樣？
　　　　　　啊，命苦的小娘！跟你的襯衣
　　　　　　一般蒼白？當最後審判那一天

44　如格拉休阿諾所猜想的那樣。

45　據Staunton云，這是隱指滑稽比武而言，與賽者以燈芯草作為武器，以代
　　寶劍。

46　Booth：走向床前，行近時他的劍從手上掉落到地下。

我們相見時，你這般模樣將會把

我靈魂從天上扔下來，魔鬼們會搶著

把它抓。冰冷，冰冷，我的姑娘！

跟你的貞潔一個樣。

啊！可恨，可惡的奴才[47]。揮鞭梢，

魔鬼們，鞭去我心中這天人般的形象！

把我在風飆中顛頓！硫黃裡燔烤！

把我投入火流的陡峭的漩渦中！

啊，玳思狄莫娜，玳思狄莫娜！

死了啊！呀！呀！呀！

　　羅鐸維哥、蒙塔諾、伊耶戈〔被逮〕、軍官數人、
　　凱昔歐坐肩輿上，同上[48]。

羅鐸維哥　　這莽撞而非常不幸的人在那裡？

奧賽羅　　那是他，曾經是奧賽羅；我在這裡。

羅鐸維哥　　那毒蛇在那裡？把那壞蛋帶過來[49]。

奧賽羅　　我低著目光看他的腳；但那是

　　虛幻的傳說[50]。你若是個魔鬼，我不能

---

47 Booth：以表情的姿態來顯示，你是在指伊耶戈而言。Furness：我以前總
以為在指奧賽羅自己。

48 在各版四開本裡的這舞臺導演辭，各版對開本付諸闕如。Collier：在現
代舞臺上，凱昔歐跛著步子上場來，有人扶著他，那塊手帕給綁在他受
傷的腿上。

49 Booth：伊耶戈上場時，奧賽羅就把帳帷放下來，以免玳思狄莫娜之遺體
被伊耶戈的凝視所污瀆。大家都目注著伊耶戈，正好給奧賽羅一個不被
覺察的機會去衝擊他。

殺死你。　　　　　　　　　　　〔刺傷伊耶戈。〕

羅鐸維哥　　　　　　　奪掉他的劍。

伊耶戈　　　　　　　　　　　　我流血，大人；
但沒有給殺死。

奧賽羅　　　　　　　　我並不可惜；要你活；
因爲據我想來，死去了倒快樂。

羅鐸維哥　啊，你這奧賽羅！你曾經這麼好[51]，
卻中了那個賊奴才的奸謀，我們
將對你怎樣說法？

奧賽羅　　　　　　　　哎也，聽便：
一個心地光明的兇殺犯，您可以
這麼說；因爲，我所作非出於恚恨，
而都是爲榮譽。

羅鐸維哥　　　　　　這惡賊已部份供認
他那惡辣的行徑：你和他同意把
凱昔歐殺死嗎？

奧賽羅　唔。

凱昔歐　親愛的將軍，我從未給過您緣由。

奧賽羅　我信你的話，我要請求你原諒。
您可能，我請求，問那半個兒魔君嗎，
他爲何要這般陷害我的靈魂跟身體？

50　據傳說，魔鬼的腳是中間裂開的分趾蹄。

51　Booth：不是隻兇惡的野獸。記住了這一點。

伊耶戈	休問我：你所知道的，你已經知道: 從今往後我將決不再講話[52]。
羅鐸維哥	什麼！不禱告？
格拉休阿諾	刑訊會叫你開口　。
奧賽羅	很好，您最好這麼辦。
羅鐸維哥	足下，你應該知道發生了什麼事， 不過，我想，你還不知道。這裡有封信， 從被殺的洛竇列谷身上找到， 這裡又有封；第一封是說，殺死 凱昔歐由洛竇列谷負責進行。
奧賽羅	啊，惡毒[53]！
凱昔歐	真是窮凶極惡！
羅鐸維哥	這裡還有封語氣很不滿的束帖， 也從他口袋裡找到；這一封，看來， 洛竇列谷打算要送給這賊壞蛋， 可是，我猜想，在發出之前伊耶戈 來到了，使他滿了意。
奧賽羅	啊，這惡賊！ 你怎麼會到手，凱昔歐，我妻子那手帕[54]？
凱昔歐	我在我房間裡找到；他自己剛供認，

---

52 Booth：咬牙切齒，表示從此決不再講話。

53 據Ritson與Walker說，從意義上與音步上講，都應是「Villainy」。本來作「Villaine」（壞蛋）。

54 Booth：停頓一下，——驚詫地望著那手帕。

他故意扔在那裡，且已經如願
以償。

奧賽羅　　　　啊，蠢才！蠢才！蠢才！[55]

凱昔歐　　　　洛竇列谷在信裡還責罵伊耶戈，
　　　　　　　怪他叫他在崗哨上向我挑釁；
　　　　　　　就爲了那事我遭到黜職；他剛纔，
　　　　　　　似乎已死了好久之後，還說到
　　　　　　　伊耶戈煽動他對我襲擊，又把他
　　　　　　　刺傷。

羅鐸維哥　　　你須得離開這房間，和我們同走；
　　　　　　　你那權位與指揮已經被撤掉，
　　　　　　　而由凱昔歐在塞浦路斯任統帥。
　　　　　　　這奴才，假使有什麽機巧的酷刑

55　Hawkins在《歧恩傳》（Edmund Kean, 1787-1833）裡說道：〔老〕蒲士
　　（Junius Brutus Booth, 1796-1852），茄立克（David Garrick, 1717-1779）、
　　巴雷（Spranger Barry, 1719-1777）與堪布爾（John Philip Kemble, 1757-
　　1823）四人表演這幾個字時，都恣肆激情狂呼著，扯著頭髮，渾身震顫
　　著，但歧恩卻懂得更深些；他這時候不感覺到極度的痛苦，因為莎士比
　　亞和自然沒有叫他感覺到這個，他重複這個字時很快，幾乎不怎麼聽得
　　清，而是出之以一下驚奇的半笑，詫異他自己的不能使人相信的愚蠢，
　　竟是這樣一個「蠢才」。Ottley：那些看見過歧恩表演這一段的人，用不
　　到去提醒他們回憶起他如何奇異地運用這一機會來表演，——他的目光
　　在空虛中遊盪，被詫異、懊悔、絕望所乘而似醉似癡，——兩隻手扣住
　　著，手上朝上，蓋在頭頂上，彷彿是鎮壓著一個發燒的腦子，那正待爆
　　發出來變成一座火山，——當時以顫抖的喘息聲，以極痛苦的聲調叫道：
　　「蠢才！蠢才！蠢才！」Booth：我想像，從現在起，奧賽羅是在完全瘋
　　狂的邊緣上了。

　　　　　　　　能把他凌遲施虐，定要他去生受。
　　　　　　　　你須得成爲個嚴禁的罪犯，要待
　　　　　　　　罪行的性質報知了威尼斯當道，
　　　　　　　　再對你處置。來罷，將他帶起走。
奧賽羅　　　　且慢[56]；您去前且容我略談這一二。
　　　　　　　　我曾爲公邦效過些微勞，他們
　　　　　　　　也知道；那不用再提。在您書束中
　　　　　　　　說起我，當申敘這些不幸的事件時，
　　　　　　　　要請您只照直敷陳；既毋庸縮減，
　　　　　　　　也不必心懷了惱恨漫著筆：然後，
　　　　　　　　您定將訴敘有個人鍾情太深重，
　　　　　　　　雖說不聰明；此人輕易不忌妒，
　　　　　　　　但一經著了魔，便惶惑得無所措手足，
　　　　　　　　這人好似那鄙淺的印第安族人，
　　　　　　　　丟掉顆明珠比他那整個部落
　　　　　　　　還珍富：這人的兩眼，有傷感動於衷，
　　　　　　　　縱令不慣泣漣洏，也儘會淚涔涔，
　　　　　　　　如同那阿剌伯香樹墮注藥膠脂[57]。

---

56 Gould：當J. B. Booth開始這一段話時，他拿起一件絲綢的長褂，不經意
　　地披在肩上；然後伸手取他的頭帕，在那裡邊拿到了他藏著的那柄匕首。
　　Booth：奧賽羅打開了帳帷，——停一下，——吻了玳思狄莫娜，——慢
　　慢地以悔恨的深情，——轉向其他諸人，他們懷著尊敬的同情低下頭來，
　　所以都沒有看見他所決意了的自殺，等到發覺已經太晚。

57 Bucknill：也許不是阿剌伯樹膠，而是沒藥。按，字典上說，沒藥產於阿
　　剌伯、阿比西尼亞等國，莖部滲出黃色乳液，乾後成塊，氣香味苦，顏

　　　　　　請君記下這一筆；此外再說道，

　　　　　　有一次阿蘭坡[58] 地方有一個生性

　　　　　　兇惡、頭戴巾帕的土耳其梟民

　　　　　　揍一個威尼斯邦人，且將公邦

　　　　　　來詆毀，我抓著那割掉包皮的狗子，

　　　　　　揪住了頸子給他這一下。　　　　　以匕首自戮。

羅鐸維哥　　啊，血染的收場！

格拉休阿諾　所有的話兒都只變成了白說。

奧賽羅　　　殺死你之前，我曾接過你的吻；

　　　　　　如今，再沒別的路，　〔倒於玳思狄莫娜身上。〕

　　　　　　　　　　　　殺死我自己，

　　　　　　一吻而死。　　　　　　　　　　〔死去。〕

凱昔歐　　　我就怕這樣，但以爲他已沒有了

　　　　　　武器。

羅鐸維哥　　〔對伊耶戈。〕啊，忿鷙的斯巴達猛猁[59]！

　　　　　　比慘痛、飢餓或是大海還兇殘

　　　　　　狼戾，你看床頭這災禍的負荷；

　　色深紅如琥珀，為通經健胃藥。

58 Aleppo在當時是在亞洲部分土耳其境內的一個城市，現在敘利亞東北
　　部。Steevens：據人告訴我，一個基督教徒如果在阿蘭坡打了一個土耳其
　　人，他會馬上被處死。

59 Hanmer：斯巴達（Sparta，又名Lacedaemon，希臘半島南部古希臘Laconia
　　邦之首府，居民以悍勇好戰、不喜說話聞名）種狗當時被公認為最猛烈
　　兇殘的幾種之一。Singer：這暗示似乎指伊耶戈堅決的沈默和古斯巴達人
　　遇苦難時那盡人皆知的沈默，同時也意味著狗性的猛鷙。

　　　這是你的勳勞；這情景不堪卒睹；
　　　把它蓋起來。格拉休阿諾，你守住
　　　這屋子，領受了摩爾人的財產，因為
　　　它們歸你去繼承。至於您，總督，
　　　審判這魔鬼似的惡棍，由您去決定
　　　時間、地點、刑訊；啊！貫徹它。
　　　我將立即上船去，以沈重的心情，
　　　將這件悲慘的事變向公政院報明。　　　同下。

劇　終

1963年9月16日開譯

1964年1月14日竣事

1964年3月10日晨2時修校抄錄完畢

用Morace Howard Furness之New Variorum本*Othello*（1886）

及Lawrence Mason之Yale本（1925）

聯經經典
奧賽羅

1999年11月初版 　　　　　　　　　　　　　　定價：新臺幣280元
2014年6月初版第二刷
有著作權‧翻印必究
Printed in Taiwan.

著　　者	William		
	Shakespeare		
譯　　者	孫　大　雨		
發 行 人	林　載　爵		

出　版　者	聯 經 出 版 事 業 股 份 有 限 公 司	責任編輯	李　國　維
地　　　址	台 北 市 基 隆 路 一 段 １ ８ ０ 號 ４ 樓	特約編輯	鄭　　　嘉
台北聯經書房	台 北 市 新 生 南 路 三 段 ９ ４ 號		
電話	（ ０ ２ ） ２ ３ ６ ２ ０ ３ ０ ８		
台中分公司	台 中 市 北 區 崇 德 路 一 段 １ ９ ８ 號		
暨 門 市 電 話	（ ０ ４ ） ２ ２ ３ １ ２ ０ ２ ３		
郵 政 劃 撥 帳 戶	第 ０ １ ０ ０ ５ ５ ９ - ３ 號		
郵 撥 電 話	（ ０ ２ ） ２ ３ ６ ２ ０ ３ ０ ８		
印　刷　者	世 和 印 製 企 業 有 限 公 司		
總　經　銷	聯 合 發 行 股 份 有 限 公 司		
發　行　所	新 北 市 新 店 區 寶 橋 路 235 巷 6 弄 6 號 2F		
電話	（ ０ ２ ） ２ ９ １ ７ ８ ０ ２ ２		

行政院新聞局出版事業登記證局版臺業字第0130號

國家圖書館出版品預行編目資料

奧賽羅 / William Shakespeare著 .
　孫大雨譯 . --初版 . --臺北市：
　聯經，1999年
　352面；14.8×21公分 . --（聯經經典）
　譯自：Othello
　ISBN　978-957-08-2022-5（精裝）
　[2014年6月初版第二刷]

873.43362　　　　　　　88014592

聯經經典

現代名著譯叢

聯副文叢系列